中南财经政法大学诗人诗选

山湖集

〖2019年卷〗

总编 杨灿明
主编 王 键
阿 毛

長江出版傳媒 | 长江文艺出版社

目录 / contents

李 扬

中山大学法学院知识产权法和竞争法教授，博士生导师，知识产权法研究所所长。中南政法学院（今中南财经政法大学）法学学士，北京大学法学硕士、博士，武汉大学法学博士后。兼任中国法学会知识产权法学研究会副会长，最高人民法院知识产权司法保护研究中心研究员，最高人民法院知识产权案例指导研究（北京）基地专家咨询委员会专家，深圳国际仲裁院仲裁员，广州仲裁委员会仲裁员。曾在日本、芬兰、美国工作和研究。在中国社会科学出版社、法律出版社、中国人民大学出版社、台湾元照出版社出版学术专著、译著 10 多部，以中文、英文、日文在《法学研究》等刊物上发表论文 100 多篇。出版散文诗集《献歌》。

北京记忆

在异乡的杯子里喝酒，那是四月
四月喝酒的杯子，一直安放在异乡

在异乡的杯子里喝酒时
金的、银的、铜的杯子
在心尖上列队团聚

应该用异乡杯子的芳香敬奉它们
用异乡杯子里烈酒的苦痛
对它们表示愧疚

也要和异乡的杯子说：
我曾经用烈酒浇灌过它们

雨水落在四月的北京城

下雨了，远方的人，雨水落在四月的北京城
维纳斯的光环笼罩的是几万光年的距离
在这里，我的火山和地震够不着你
往日的相逢都是默默告别的聚会

纵使我们的青春已是时间的灰尘

雨水也回不到来时的云朵上去
四月数着颗颗泪水的北京城
注定灵魂长不出洪亮的竖琴

同时潜伏在两张床上安眠就能解忧吗
我像被夜晚驱赶的广场流浪者
陷入了雨水同样的命运：
偶尔淋湿你的身体，永远流不进你的心脏

杭州行

这个城市的夜晚空着
月光下流浪的床也空着

西湖的秋波该送给谁呢
千年的断桥就在那里沉睡

灵隐寺隐隐的诵经声
贴着水的子宫不停地游过来

而我身体里的某些部分
依旧像钟乳石一样在凸起

端午节

多么希望
离骚的嘴唇
想要说出的世界
我也会是里面的
一位主人

在那里
琴声舔着洞庭的秋天
一个温暖的名字
将我的身心
咬出累累伤痕

我的声音憔悴
它丈量的
不再是楚国的命运
而是我的小舟
和你的
水乡的距离

黑　洞

春天长久奔跑的粮仓倏然空了
你失声呼喊着隔世的光阴

北方的夜空摇曳着南方大海的波涛
开满薰衣草的原野爬上了坚硬的白桦树
你燃烧在我的眼睛里
却远在 5000 万光年之外

你从我的森林里采摘那朵神秘的火球
没有狮子，没有恐龙化石
你还是敞开了自己
从未相遇的
我也有权利说爱你
我们本来都是虚无
所以我们成了彼此辛勤出海的渔夫

夏天最后的雨水

忍了几个季节
还是在一阵紧过一阵的雷鸣中
被一朵枯萎的花吸走
这朵花一直空着，在花房里
沐浴了三十年

宁愿夏天在沙漠里晾晒成鱼干
或者被秋天直接删除
命运是一根饱满的手指
它拨弄过的夏天的雨水
哪怕是最后的
也再难寻觅善于愈合的心

许多月光沉默的深夜，它也凝视着
吸走它的花朵结出的火焰
看到骏马奔驰的春天
和太平洋吹来的暖风
它愉快地粉碎自己
将自己交给失眠的灯盏，和湖泊江海

结霜的秋天已经指明了方向
万水千山之后
还有哪朵花优雅地开放着，向你走来
让你陷入生生世世的喜悦
不多不少，不增不减

“既然是最后的雨水
又何必担心生活这块磨刀石呢”
夏夜群星当空
我心里默念着这两行文字

秋天的葡萄

秋天的葡萄夏天里成熟
肉体之门敞开着
仪式过后
流浪异乡的岩石
一只脚迈进
故乡幽深的泉眼里

秋天的葡萄夏天里成熟

融化红蜡烛的手
把记忆掏空
月光曾在那里攀上葡萄藤
之后潜伏

陌生的露珠

像鸵鸟在不同的城市穿梭
痴迷于每颗陌生的露珠
在月光给日子酿造事故和格言的季节
它们纷纷掉下来落进结满故乡的杨梅里
庙堂之上的雪花给它们戴上马具
黑玫瑰至今开放在一个活死人的坟墓上
何时它们才可以下一场酸涩的流星雨撞击我的心头
就像含泪的母亲手拿皮鞭不停地抽打我的骨头

梦 境

你鲜红的石榴之光将我高悬在七月的草原
我吹冰冷的雪花，失败着从奋蹄的野马群里逃逸
你竖起山峰，铺开大地和森林，我在上面种植印章和草莓
在你手心吐出碧绿大海的时刻
我散落人间的灵魂回到你的陶罐里独饮独醉
你的词典里依旧慌乱着各种异乡的语言
而你沙漠中的玫瑰始终是我心的绳索

中　秋

目击万家灯火的夜空，月光在集合
普罗米修斯在舞蹈，丘比特在歌唱
我将远方的流浪归还给海洋
故乡的爱情归还给村庄
空了的心，如此辽阔
足够填满任何季节的雨雪冰霜

归还给海洋的，像青草一样疯长
归还给村庄的，又怎能书写亘古时光

今夜今夜
我只有两种幸福两种灾难
一种叫做回忆，一种叫做遗忘

结结巴巴的断章之三

黄河，不是
射向太平洋的炮弹
长江也不是

从来都不是

忠贞的儿子

我口含十字架
在你们身上，在摇篮里
造句，一切美好的句子

甚至像白杨树一样
努力长高长直
为你们洒扫天空

在家门口
我所做的，包括
我的喜怒哀乐
从未够着过
你们双眼中的泉水

让一切都慢下来

仰望星空，星空在星空之上
俯看大地，大地在大地之中

拖着忽然头昏目眩的肉体
读书，写字，上讲台，出差
从日子的这头，到日子的那头

出生在夏景村
道路就已经注定
身体里的太平洋
不管发生多少级地震
也掀起不了一场海啸

更不用说
躲在中世纪的小酒馆
写一封没有收件地址的情书

让一切都慢下来吧
找一个无人光顾的咖啡馆
和有缘遇见的陌生人喝一杯咖啡
静静地浪费一点美丽的时光

想和你一起喝一杯小酒

走过大半个中国来到你的城市
走过初秋已经开始降临的傍晚
走过试图卸下一天的疲惫
却依旧行色匆匆的人群
抛弃人间一切伟大和渺小的事
抛弃如手纸一样的声誉
来到闹市中的一个小酒馆
想和你一起喝一杯小酒
不谈黄河之水天上来
不谈春花秋月何时了
只想知道，一杯小酒
能否浇灌你心中那块干涸的土地
能否稀释我们相见而不能相拥的疼痛
可以确定的是
这就是我幸福的时刻了
为千万个陌生人中唯一的相遇

为这一段晕而不醉的好时光
这些，都将永久刻在九月的额头上
更要紧的是
当你和我说再见时
我沉重的脚步
依旧有勇气迈向遥远的远方

十匹野马在我内心狂奔

十匹野马在我内心狂奔
运来一火车又一火车的真理
撕碎我，蹂躏我，将我埋入地心

有时是怀孕的母马
有时是发情的公马
像杂草，像细菌
白天黑夜，南方北方
基因不绝

远在激流岛的朋友来信说
空气中到处都是流动的眼睛和耳朵
你出生在夏景村
这就是命运

命运虽然不可违抗
但也无法做到平庸和俯首
水土不服的时候
无法杀死内心狂奔的野马的时候

至少可以选择去远方
去任何真理也到达不了的天堂
恭请万水千山为我疗伤

八月的李扬

从十个李扬的影子里走出
眼前是八月
数滴鸟鸣唤醒南太平洋
李扬的字典开始收录新的词汇

八月的李扬再次确认：
尊严是喜马拉雅山顶的天空
也是祖传的一块头盖骨
在反复纠缠的生活额头上
敲打出角斗士的嗓音

八月的李扬也想对你说点什么
但最好还是沉默
河流指明河水的方向
蔚蓝色的台风

已在你必经的道路上
埋满地雷

李鸿鹄

中南政法学院（今中南财经政法大学）法律系法律专业83级学生。曾任广东省高级人民法院审判长和审判员，广东省揭阳市中级人民法院党组成员、副院长、审判委员会委员。现为广东连越律师事务所创始合伙人，兼任广东省律师协会民事法律专业委员会副主任、广东省法学会法律风险管理研究会常务理事、广东省人民检察院人民监督员、广州市民商法学研究会常务理事、中国广州仲裁委员会仲裁员等社会职务。著有诗集《想暖暖而已》《美丽的河》等。

酒　馆

酒馆已很破旧了
幽幽的灯光在墙上不断涂抹无知与无畏
时伴索然无味的零星小雨
及少许你多余的眼泪
众生围着几碟小菜，侃侃而谈
聊山脉的隘口
聊青春放纵狂野的河流
你偏安一隅，默言静坐
眼神延伸至一个诗意丛生的远方
有人盛赞你的辛勤
有人说起你曾经雀跃的爱情
而你像卸下风帆的小船
寂寞孤单地泊在酒馆的窗口
看一只鸟儿飞过
满怀你的理想和力量
与树梢上飒飒作响的风好胜争强
你也曾作为一棵在悬崖上栖居的树
拥抱过蓝天与白云
并宣示过七色彩虹般的抱负
如今，你在这间破旧不堪的酒馆喝酒
一杯又一杯喝你的淡然往事
因为喝酒的样子和勇气
你成为酒馆里令人瞩目的孤胆英雄
酒醉的时候，外面开始下雪
你原来乌黑闪亮的头发
瞬间覆满了积雪

尘埃被呼吸轻轻吹起，悬浮于世
在时光的酒馆里
你怀抱一曲沧桑无邪的歌词，朴素地睡着了
你不知道自己睡着时是多么的纯真
其实啊，在未被亵渎的土地
有很多跟你一样的睡姿
如朵朵鲜花，在酒馆之外缤纷盛开

雪　国

在冬天，我看到许多冷峻磅礴的面孔
雪，犹如一只只白色的小鸽子
从你的眼睛飞出，它们是青春躁动的精灵
可我，没有看到拓荒者的雪国
白鸽子，十万平方公里的草原吹着你的气息
天空像巨大的卧室，我的钢琴为你奏响
倾一江的河水，万物听见雪的声音
就像青花瓷的碎裂，我
被雪国的声音推倒在大海的波涛

源自于雪国晶莹剔透的音符
俘虏了我一颗因为丰满而沉寂的心
漆黑的乌云闪闪发亮
它们被白鸽奉若神明。在雪国的神殿
春天再次从我的脑海死而复生
那个在风雪中所向披靡的灵魂
随着寒风舞蹈，踏上了时间巨轮的甲板
从孤岛回到了布满祭坛的陆地

并呼唤一丛丛烈焰
穿越黑夜抵达雪国的黎明

星星在空中浮现，等待秋天的来临
石头戴着忠诚的皇冠
如饥似渴地接受月光的温暖
山脉绵延起伏在寻找恐龙的足迹
此刻，英雄出现在雪国
他唱着水调歌头，打破天空的沉默
美酒在黄河冒着轻雾般的清香
在谦逊太阳的面前，我停止了纵情狂欢
而雪国的雪，早已遗忘了白鸽翅膀上的严寒

时间的献词

在万籁俱寂的时刻，我无法
选择青春的坚韧与倔强
因此，我用简陋的陶罐藏起时间的献词
让每个字不再被谎言侵蚀
从所有的曲折寻找真理的脉络
以灰烬的容颜印证思想的金黄
我要倾听石头的呼吸
我要在一匹野马的骨头上轻声低吟
于云淡风轻的高度
我爱湖水明镜的清澈
把春夏秋冬的山色尽揽怀中
现在，我要赞美一个离群索居的女人
她插下诗歌的秧苗

养育了整个普罗米修斯的氏族
因为迷信，我今夜踏进了两条不同的河流
其中一条，我是水波流动的沙子
而另一条，我是躺在江面上思索的阳光

我想做一个英雄

趁阳光还可以供暖
我从寒夜奔来，俯身吻你
宛如小孩吻一朵野花
我爱水的任性，裸露透明的躯体
在月光下奔跑
追逐妖娆的影子。我喜欢用思念的泪水
给属于自己的夜酿造沸腾的气氛
我喜欢在孤独中浸泡记忆
循入梦乡的苍茫
随氤氲的雾气灿烂离去
我一直在真诚地奔跑
我跑不过风，跑不过时间狂放的闪电
跑不过黑夜里身体内部的隐痛
但我愿以尘埃的模样爱你
在山的起起伏伏
在一寸寸流离失所的光阴
像一个殉道者，奔向熊熊的火焰
我真的想做一个英雄
于奔跑的尽头，死在一朵雪花的怀里

我想对你说一棵理想的树木

蔚蓝的天空下
我想对你说一棵理想的树木
可我的舌头是无用的
它卷走了许多温热湿润的词语
留下一大堆七彩的石头
压住骏马的身躯，让我永远抬不起头
太阳与黑夜无法达成协议
树木脱掉绿色的外衣
只让嫩芽去反思
适逢你还有一大片绿油油的草原
喂养一匹懂得思想的野马
以沉默的眼神与我的灵魂遥相呼应
风，吹动它青春焕发的鬃毛
我多想呼唤它亲近它啊
可面对七零八落的满地竹简
我惟有张口结舌
于是，我把头颅压得低低的
蛰伏于云朵之下
仰望远方一个天马行空的英雄

雨过天青

早晨的柔光是丝绸般的
光滑细腻，如天使的肌肤。我嫉妒一只鸟
它飞过我的早晨，飞过
一棵树，和一段优雅的河流
在氤氲的雾气中
我找到了我自己，以及记忆中的存在
早晨饱满的雨，是一粒一粒的
它喂养我，沿途的风景名胜
已被完全忽略。我爱一段长长的路
无尽的时间和可能在眼里再生
我喜欢雨对万物的平等，无论富贵与贫贱
因此，我喜欢雨的喜欢
即使换了一个可以燃烧的日子
仍然如此。我还喜欢这个早晨的一朵花
香气很淡，淡得我嗅不出它的味道
但我不能怀疑它的存在
正如我永远不能怀疑一个丰收的你

有一种暖你是不知道的

有一种暖你是不知道的
它比阳光的温度低些

比月光浓稠些
它隐藏在透明的卫浴空间
仅留给我一个朦朦胧胧的背影
荷尔蒙分泌的油脂
滴落在古老的青铜器皿
我倾尽所有的心血都冲刷不掉
就这样，它一直掌控着我
在暗处，如同一个不被遇见的幽灵
它传导的热恰到好处
39 度，一种旁人无法知晓的低烧
它走那么远的路来到这里
是为了让最初的心不再露宿街头

我的梦想

我的梦想，就是喝酒，摇船
去一个孤岛
种一亩孤芳自赏的花

向云求一滴雨
向叶子求一瓶氧气
向自我
求草木的纯真

兄弟，我们很久没有喝酒了

兄弟，我们很久没有喝酒了
整个冬季，你都不出门
昨天，你说去了北京，路过我的心房
但你没有坐铁轨来看我
这么多年，你一直蜗居在我的记忆里
寻找内外兼修，寻找心灵契合，在山之外等风
而我，则过着散文一般的生活
我常常独自一个人走路，像一头野兽
天空中那只飞鸟
不知道为什么要带走我的翅膀
而把我留在树上
现在很快就是六月了
那瓶黄酒，温了又温，微热
泡酒的话梅我又吃了几颗
你不来，美好的事情是如此的苍白
还有别的世俗吗
告诉你吧，自从离开了喧嚣
我简朴的生活已经活在骨子里了

在北纬 23 度，我的青春依然辽阔

熟悉的事物都是时间的孩子
它们生活在洁白的纸上，如你见过的文字
它们纯洁、清秀、温顺而唯美
让热爱的人们过目不忘
这就是语言的力量
我相信雨中的事物不会有挽歌
午后，我翻开一本书
那温暖的文字就像一群羊
它们是自由的。这向陌生人敞开的生命
能把所有的虚伪卸下来
窗外的树，挂满了青春的果实
思念的叶子不再枯黄
你微笑的眼睛也提醒我
我的青春依然辽阔，你的爱也绵密不绝
在这个北纬 23 度的城市
雨，正以汹涌的力量
推动一大块的陆地向你那里漂移
六月的天空飞来一只青鸟
使我的孤单遭遇一场最猛烈的爱情
甚至是夜里失眠的虫子
都被你随手撒下的药物一一毒死

刘　静

中南财经大学（今中南财经政法大学）商经系83级本科生，87级硕士研究生。1990年毕业后进入湖北省某专业进出口公司工作，后下海经商至今。其间，做过外贸、国际船务、股权投资等。大学期间是学校“开拓文学社”成员，曾代表学校参加武汉市大学生诗歌大奖赛并获奖。

非洲辞

土地以从未有过的放松　横躺下来
仰望太阳两眼放空

空气却像金属丝一样拉满弓弦
短促的声音从这弦上射出去
又弹回来尖锐得像一枚利器
让所有的耳朵惊悸

人类目力所及的最高处不是天堂
而是秃鹫神性的翅膀
他们的最后一次共同飞行
终止于猎人布下的毒药

正是傍晚，风抖着赤红的鬃毛
风吹草低时，不见牛羊，只有狮虎

远处人们坐于租来的铁笼之内
与这群猛兽犀利的眼神对视
每一个笼子都被明码标价

佳　酿

一

碾去外皮压碎内核
当葡萄不再光滑也不再坚硬
在容器中铺陈最真实的灵与肉
这一桶酒浆才刚刚榨成
红如鲜血

除了二氧化硫和果胶酶
这酒浆还要加入时间一起发酵
直至每一个分子都像金属一样热烈而稳定
直至它在疼痛中重新长出琥珀色的内心

每一杯酒　我都看到小兽从沉睡中苏醒　毛皮斑斓
每一杯酒　我都嗅出时间被烧焦的气息

二

九月已来临
你们在巨大的容器里聚集
像一场缤纷的舞会更是沙场秋点兵

剧烈的踩踏比飞驰的马蹄更精准
它来自于钢制的螺旋桨　木棍或者人类的脚
每一位舞者都与这风暴热烈地拥抱
一代甜蜜的肉身被否定

人类改写了你们生命的状态
也改写了他们自身
如两个历经磨难的灵魂的相遇碰撞
血液终于沸腾
敲响万物的声音

听　窗外那渐渐走近的还有黑夜的脚步
一条通往黎明的长路

黑暗和灯火一起被雪过滤

风将夜幕轻轻拉合
它无法阻止雪的继续舞蹈
在这空寂的夜色里雪仍在轻扬或者旋转
白色的水袖像一匹巨大的无边的丝绸
此时所有的粮食已被冬风收割
鱼儿深藏河底鹰和燕雀缩进各自的暖巢
停止探索也停止聒噪
黑暗和灯火一起被雪过滤
咏唱和呻吟一起被雪过滤
一切多余的快乐都那么轻浮
只有痛苦是沉重的如一颗种子落地
雪以自己的姿势在夜里独自行走
它不害怕黑暗
如某一个被人拒绝的真理
在黎明到来之前它用自己的身体点燃微光

我和小鸟的黎明之光

我和你的相遇
来自于对阳光的同样热爱和多少个清晨的轮回
在太阳走向大海之时
我们一起将清凉的露珠啜饮

你一定经过孤独的长途跋涉
在冬青树茂密的枝头
你紧裹着翅膀沉默的骄傲
却寻觅不到属于你的褐色的窝棚

而我亦从另一条路上蹒跚而来
在每一个拐弯的路口
不断走失自己的亲人和伙伴
他们把粮食、种子留在了不同的季节
每一具风干的骨骼都比前一具更颀长
成为一个个鲜明的坐标

另一个空间的白昼却是我们的黑夜
在这巨大的黑洞之间
你和我这不同的族群
用各自的方式艰难地穿越
你们用一代比一代更矫健的翅膀
我们用不断点燃的火种

每一颗露珠都投射着黎明之光
它如此晶莹而又包含深意

仿佛一粒粒透明的子弹
远处有一双未知的锐利的眼睛
已向我和你
窥视瞄准

银票记

从金属到绢帛
由最重到最轻
你这黄金的第二张脸
轻柔得如同丝绒

在某一个角落典藏
收敛起硬币的喧嚣
你固守的价值
甚至比一部法典更深刻

真理从来沉默如金
而你替金子说话
流动的血管里结晶着生命之盐
浇灌着两瓣巨大的肺叶
气喘吁吁的草民与帝国

嗜血的鹰隼
常常追逐腥味而来
他们藏在你的肉体里
思想歌唱

直至下一次海啸来临

读　雪

小雪大雪
我们的祖先该是怎样地钟爱你
才为你的少年和青年
专门命名

从一粒雪子到一片雪花
再到壁立千仞
成为另一种海拔
你也像人类一样不断成长吗
在最深刻的苦寒中生根
从平凡走向生命的陡峭

你的基因长在一滴水里
世人总想破解是什么
让你完成嬗变
从无形到有形
从至柔到至刚
从喧闹到天地交合
寂静无声
最后以一物拥抱万物

无需高傲的俯视或文字
你只用最朴素的白
布世间的大慈悲

有时候你会掩藏鲜血和废墟
却在日出的时候披露真相
此时必是万物重生

王劲松

中南财经大学（今中南财经政法大学）84级学生，曾任校刊《开拓》文学社总编辑。大学毕业后一直在北京工作。

父亲的手提包

父亲的手提包很黑很小
但很重
羊尾似的盖子镶着一个金属夹
外面系上一条擦汗的毛巾
父亲很满意这个行头，天天背着它
在学校和村镇间四处走动

父亲的手提包里藏着很多秘密
他像一个魔术师
总是不断地从手提包里
变出：一个红薯、一包水煎包、一串炮仗、一本小人书……
这些东西都飘着迷人的香味
和热烘烘的体温
它们总是突然出现在我们雀跃欢喜的
尖叫声中

最让我好奇的是，父亲的手提包里
还能发出声音，男人和女人的声音
那些歌声像家乡竹林里
欢唱的鸟儿的声音一样
让我着迷。从那时起
我喜欢上了邓丽君
我也从此懂得，声音也有味道
有的甜，有的苦，有的毫无味道……

父亲的手提包里总是放着一个本子

和一支笔
空闲时，他总要掏出它们
一笔一画地写上几句
比如：他第一次穿上皮鞋的喜悦；
他第一次坐飞机时的惊惧和新鲜；
他不得已卖掉他
心爱的自行车以换回粮食

那一天，父亲把自己关在屋子里
一整天不吃不喝，一边抹着老泪
一边在本子上写着什么
嘴里却不停地咕哝着
发出可能只有妈妈才能听得懂
的语言

从那以后，父亲变得沉默
他的手提包仍然从不离身
只是不再发出歌声
他也不再“时不时哼上一曲”

1984 年的夏天，我要去邻省
的大学读书，父亲非常高兴，临走前
拉着我的手，将它背了快一辈子的手提包
送给我，说：“这个你上学用吧，
爸爸老了，背不动了……”

我接过磨得又旧又破的手提包
感觉它很轻：里面只有一个老掉牙
的收音机和那本父亲用工整文字
写下的“家族史”

今天，我坐在京城有空调的写字楼里
手上提的是高级真皮名牌公文包
里面塞满了钱包、手机、书本、各种资料和文件
但我经常觉得它很轻很轻
而父亲的手提包，压在
我心里，正变得越来越重……

程　峰

网名程大爷，本科就读于中南财经大学（今中南财经政法大学）商业经济系84级。经济学硕士、中国首批执业证券分析师、财经评论家、旅行摄影家、诗人。

出版了《股票技术分析实战傻瓜书》《投机智慧》《假如炒股是一场修行》《假如炒股是一场恋爱》《假如炒股是一场荒野求生》《程大爷的朋友圈》等三十多部作品。从2015年起开辟财经评论专栏《程大爷论市》，已成为《证券时报》旗下“券商中国”的名牌专栏。

大学时代是湖北高校诗坛的活跃分子。其作品《深山人家》曾被中央人民广播电台制作成配乐诗朗诵推向全国。曾获1987年湖北省高校“一二·九”诗歌大赛创作一等奖、武汉地区高校“五四”诗赛创作一等奖等多项诗歌奖项。在《飞天》《散文》《羊城晚报》《南方日报》《广州日报》等报刊发表过诗歌与散文作品。有诗歌作品入选《中国当代大学生诗选》《中国高校优秀文学作品赏析》（诗歌卷）。

现供职于华泰证券，兼暨南大学硕士研究生导师。

在丹巴

如果真有一夜白头这种事
我想一定会在丹巴
在中路乡
我顶着满树梨花
山峰顶着千年冰雪

晨曦从碉楼上走过
我没去追赶
桃花藏于屋后
我没去探视
油菜花瘦弱得可有可无
我没有同情

高海拔是一种境界
似乎只有保持足够洁白
才配得上她

海　滩

浪花飞溅之处
礁石在抵抗海水的亲吻
蓝色的黏液分泌旺盛

云朵粘不住黄昏
风撕扯着风

海鸥被无数次射向天际
它执着折返
海湾拉开一张满弓
飞机翻越霞光的围堵
它在抵抗地心引力

浅海的鱼成天吞着口水
它在努力抵抗诱饵
目之所见——
海螺在抵抗耳蜗
孩子在抵抗成长
狗在抵抗绳索
奔跑的老人在抵抗衰老
蜥蜴在抵抗陌生的眼神

歌声在抵抗旋律
诗在抵抗远方
那些破碎的贝壳
是谁撒下
一把不知所云的词语
在徒劳地抵抗五月的忧伤

红树林在抵抗年轮
落日在抵抗不断逼近的地平线
而我，一生都在抵抗
起伏的命运，以及
心底的潮汐

自由女神

我与女神之间的距离
略大于一条哈德逊河
渡轮骑在汹涌的人潮之上
河水像一群发情的母兽
没有一刻停止过
对曼哈顿的挑逗

白云努力在变暗的天幕描绘
摩天大楼的贵族气质
海鸥始终维持公平正义
她热爱晚霞放肆的黄昏
并且，在不同肤色的眼睛里
画出完全相同的弧线

而我与自由之间的距离
略小于西风的燥热
在自由的透视装里
我们彼此拥抱
保持理想的亲密接触
尽情交换着大海赐予的盐分

终于，我目睹这销魂的一刻：
女神举起右手
把我们弯曲的目光一下子拉得笔直
可惜，火炬举得太高了
遍寻不见

坠入海底的落日

乌兰浩特

我梦见的事物都在天上
大海倒扣
风浪消停在天际线
鹰隼沉溺于滑翔表演
白狼驯服
低垂她的眼帘
传说浪漫千年
一个古村老得恰到好处
丰收的意象如小麦拔节
白云铺开柔软的床垫
月亮递上枕头
从阿尔山的脑后
我的睡眠坠入深蓝

我朝拜的英雄都在纸上
地图上有他的出处
史书上没有他的归途
成吉思汗庙空空荡荡
挤满了众生不切实际的愿望
草原之于人类的意义
越是浩瀚越是孤独
踏碎一个俗人的孱弱需要
多少声嘚嘚的马蹄
安顿好流浪的灵魂倚靠

多少次臆想的征伐

而我热爱的事物都在地上
山坡上挂满羊的碎步
河水濯洗牛的目光
白桦林在紧闭的心扉里练习
无辜的歌声
野花扯着细小的嗓子呼喊
贪玩的蜜蜂不愿回家
天快黑了
一条小路纵使窜入森林
生活也没有变得更加曲折
举目望去
只有落叶松多愁善感
风从远方闻讯赶来
一把将我抱住
它担心
秋天一旦启程
落叶就不会停止脚步

家乡下雪了

如果能用南方的湿冷，换
一片雪花的安慰，我愿意
抱住广州的冬天
手舞足蹈

可是，天意就像祖国的股市

成天在雾霾里随机漫步
盼望用一场大雪
来证明自己的清白

据说游子的脸上涂了霓虹
心里都落满
厚厚的灰尘。而这些都是
返乡之时
应该仔细扫除的噪音

一定要有这样的仪式——
北风把头发吹得倒向某个村庄
芦苇藏好
山冈的秃顶。一条破渔网
拦住老河不断后退的发际线

最后，雪出场了
她是一位老母亲
总是习惯了摸黑准备年饭

原野像自家的院子
半夜就被打扫得
干干净净，只剩下雪
在增加安静的厚度
河堤拿出礼物——
一条缓慢挥舞着的白丝带
在一个不确切的梦境
故乡一把将我拉进腊月

银杏树

——赠 H · Z

把一年来想说的话
打包，缄封在叶子的脉络里
从深秋出发的风
是一群粗心大意的邮差
带上它们一溜小跑
我们拾起
洒落遍地的金黄信笺
听
一个人轻言细语

惊觉有一棵树
落叶时比开花更美
她无意取悦任何季节
不屑用花朵与果实
去交换某种世俗的眼光

所以，她站得比一月还要笔直
潇洒抖落
身上的五颜六色
空出全部枝丫
好让冬天的阳光
照耀树荫下的小草
并且，为下一个春天
预留落脚的位置

香　炉

香客们都散掉了
只有香炉还站在佛前
替香客们举着
一炷香
一动不动

香客们拜佛
佛没有承诺任何事情
而香炉却默默收下
所有的烦恼与心愿

香炉的胸怀
慢慢被人间疾苦撑大了

渡　轮

每天把那么多人送上岸
自己却永远脱离不了苦海

迎接与送别
我听到的是同一声低沉的呜咽

像一个饱经沧桑的老人

喜怒哀乐
都习惯使用相同的表达方式

只有我知道河滩上的紫云英为何迟迟不开

畈里的油菜花才开了一小半
堤坡的地米菜和野韭可以摘一小把
梨花有几朵，桃花与李花都缄默不言
一向喜欢热闹的河滩
苦菜花和紫云英都没有动静
——这是家乡的弟弟
上个周末回腊里山探视后
报告给我的花讯
带着几分焦灼

可是，我知道，住在老屋的母亲
每天也去河堤上巡视
她看到花朵沉默
内心一定暗喜
她求了老天爷
让气温低点，再低一点
这样，清明放假从广州回来的儿子
就能赶上河滩上紫云英最灿烂的花期

就像小时候
难得吃一次鱼
而母亲总会把一条鱼最好吃的一截
留给放牛归来的我
就像每一年秋天

她把品相最好的柿子留在枝头
而过年回家
在最浓密的树叶间
我总是能找到她藏着掖着的
几个椪柑

清明在幽兰山祭祖

雨下到昨夜就停了
露水挥洒得也很克制
在幽兰山的发梢点到为止
竹叶送来仅剩的几滴
父亲替我们噙在眼里
一定是这幅似雨非雨的水墨
动用了他心底的暗疾

而我们的伤感是飘忽的
像苦竹坡的野兰花偶尔撞见
我的出生地
我的来历在父亲的口中模糊不清
依靠多年的想象拼凑出一个寒冷的画面：
山崖上的一只麂子
她神秘的叫声唤来一场大雪
顺带唤出我的乳名
这证明我最初选择的是
一个干净的冬夜
来到这个世界

意外的是

今年的清明无雨
积攒了多年的泪水
找不到磅礴而下的机会
苦难与悲伤被腐叶埋得太深
春笋并不知道
她们过早成熟的前辈
被成片伐倒
顺着陆水河随波逐流
最终浪迹于哪一处江湖
这些春天的不速之客
年年穿过厚重的冬天
来到山的怀抱
是为了感恩
赐予她们生命的黄土与根

这漫山的楠竹与杂树
藏起祖先的足迹
这遍地荆棘的家族史
没有一条路可以通往从前
但是，从前却有通往后来的所有道路

瘦西湖

得到的好东西太多了
只会让你发胖

历史太厚味，文化太肥腻
现世安逸
让你从一个古典少女

变成了现代贵妇
游人如织
是你腰身上的赘肉
江南才子被堵在二十四桥
折扇打不开
诗词歌赋无处落笔

想当年
那件绿布红花朵的小棉袄
多么好看
一树樱花画蛇添足
舶来的郁金香和鲁冰花
过于俗艳
刺得我眼睛酸痛

你苗条了 2000 年
有歌有舞有忧患的慢时光
雨点不大不小
刚好打湿杨柳岸边的一场别离
你弱柳腰肢、桃花眼、烟花披肩
色艺俱佳
被三月的风抚摸
一遍又一遍
嘴边的小曲儿
有琼花的浅白与淡然

你不该贪心
一直占着天下的二分月色
夜夜照得我辗转反侧
替古人一再失眠

杜　英

她们一朵挨着一朵
密密麻麻
像幼儿园小班的小朋友
挤在太阳底下
风一吹就咬耳朵
叽叽喳喳
我听见她们说春天是香的
不信你闻闻

骤雨来袭
她们吓得一哄而散
各自呆立，苦着小脸
一副盼望家长来接的样子
粉白脸蛋变得黯淡蜡黄
花蕊中含着泪

雨终于停了
有几个勇敢的小朋友
开始在湿滑的枝头荡秋千
风扯着她们
扑簌簌往下掉
这些穿白衣的小天使摔倒了
一个接一个
再也爬不回树上
让人看得心痛又心急
我跑过去想把她们拉起
竟然无能为力
惊觉，原来是在梦里

苏以恒

原名苏以革，1966 年 9 月生，广西防城港市人。1988 年本科毕业于中南财经大学（今中南财经政法大学）财务与会计专业。毕业后被分配至深圳，一直从事税务工作至今。喜欢阅读、思考，热爱生活，热爱深圳。

偷 窥

黑夜，人们闭上眼睛
死睡过去，我以为他们
就这样遗弃这个世界

我从假睡中悄悄睁开眼睛偷窥

我看见冰冷没有表情的白色墙壁
我看见安静温柔如同妈妈一样的灯光

冯　雪

湖北天门人，生于1964年3月，就读于中南财经大学（今中南财经政法大学）商经84级，现供职于广州银行总行风险管理部。广东金融作协会员。

女儿的论文

我不认识这些字符
一如三十多年前我的父亲
也不认识几个汉字
却仔细把玩我从县城取回的
大学录取通知书
久久不忍放下
喜悦之情
洋溢在他纵然不老
却布满皱纹的脸上

当女儿和我
聊起可见光通信
聊起信号传输模式优化
聊起期刊的影响因子时
我一脸的迷惘
可满心是欢喜
这情景像极了我偶尔回家
和老父聊天时的场景

我从这些似曾相识
却不明所以的字符中
似乎读懂了
老父当年突然闪亮的眼光

水　漂

老家种地的兄弟说
今年秋收
适逢雨多
成熟的水稻倒了好多
收割机也趁机涨价
一下子损失了好多

可是兄弟又说了
大哥你明年的口粮
我包了
抢收起的一块地
没施化肥
没打农药
没有生芽
纯绿色食品
专门留着我们自己吃

看着倒伏的稻地
和金灿灿的稻子
我不知道该说些什么
任我有再大的肚量
也吃不完那么多生芽的米
我为自己的无能感到羞愧
只可怜了我的看天吃饭的
农民兄弟
一年的辛苦

就这样打了水漂

体检絮语

我的身体像绿皮火车
哐当着穿山越岭
长鸣声划破东西南北的黎明
包容每一位擦肩而过的人们
与他们相逢于繁华
相别于寂寞
无论是田野里消瘦的阡陌
还是远天飘逸的云朵
都能与我如影随形
但每当昏黄的站台越发清晰
每当检修工人抡着大锤靠近的时候
对明天的正常行驶
总是生出一种莫名的恐惧

可是老婆却说了
拧一拧锤一锤
照样昂首挺胸穿山越岭

考察手记

这里是宜宾
在宜宾做客肯定巴适
五粮液超有名
无须我瞎吹嘘
问题是美食太多
肠胃应接不暇
又没办法打包回家仔细品尝
挺崩溃的

倚水而生向水而立的城市
长在母亲河的上游
风景自然美妙
跑马观花一圈下来
名字也没记住几个
我为自己的愚钝找了个借口
我是来工作的

没错，我们一行人为项目而来
目前这里还是一片虚无
因为我们的到来
不久这里将会见证奇迹
只是要穿越大半个中国
胸口有些喘不过气来

宜宾西北望
离广州两千公里开外的成都

各种生态积极向好
棚户区改造风生水起
做梦也想不到这与我有毛线关系
嗯哼，事情就是滑稽
关系触手可及
福兮祸兮，天知

返程途经双流国际机场
看气场，论设施，观吞吐量
绝对堪称超一流
据说这座机场在国内仅次于北上广
综合排名第四
可人坚称二流
袍哥拿自己的智商幽默天下人
也蛮拼的

九月九的愁与思

早年我在南方吃瘪
回北地一待经年
一些人和事就淡了
这也让我更固执地坚守
自己的一些习惯
比如对重阳登高的不认同
就是一例
戊戌年九月初九
内心惆怅的我
破例了

下班后抽空爬到了这里的高处
但是我不知道望向何方
远处是伶仃洋的浩渺
思念让我潮起潮落
我真想趁我还有这个能力
送你们每人一把紫砂壶
壶里装满一个省的落寞
不是我不想你们
实在是往事像秋叶一样
随风起舞
我越是想抓
越抓不到边际

翅　膀

父亲将犁耙折叠
把锯斧装箱
打包带去了天国
我只继承了
那点早已融入骨髓的
夫子思想
也因为这点思想
我在城里过上了小康生活
但我的口袋
远没有父亲希望的那样温暖

我该给孩子留下点什么
万贯家财显然不可能

因为我至今仍在农民阶层
苦苦挣扎
那送她一双可以高飞的翅膀好了
看着孩子在众多的工作机会中
挑挑拣拣
一副成竹在胸的样子
在责怪她不谙世事的同时
对父亲的传承
生出无限感慨

王　键

曾用笔名“楚石”发表诗歌作品。写诗、习画、编书，同时经商做企业。现工作、生活在北京。

未完成

正午的院子，木之花
散发的香气让人微醺

斧头和刨刀正在剥去一棵树的
外衣，他们交欢的声音，
战斗的激情，撞击出
一把坐人的椅子

秘密在过程之中，在完成之前

创造和创伤是同一个词
它们来自同一个子宫

劳动吧，歌唱吧
用劳动和歌声抚摸五月的脊骨

让它长出新的

让它走出四月的哀伤

流云开始酝酿一场风暴
爱在流浪，从一朵玫瑰里

张望

那清晰的像闪电来临过的

在星巴克，点上一杯苦咖啡

独处的时光多么忧郁
又多么自由

背景音乐是灰色调的
来自骄傲的塞纳河的右岸

请不要再跟我读诗
请节省日益稀少的词语

室内的光线幽暗
空气中飘浮着真相的微尘

我在静默中得到更多的风暴
像夏日一场暴雨后的清晨
全身轻盈且通透

但江山并未洗刷一新

我拉起真理晦暗的手
在她的掌纹里寻找生命线——

那清晰的像闪电来临过的

杜尚又开始画画了

杜尚从脸盆里起来
洗了手也洗净了脸
他不干了！他不再触碰那些该死的颜料
他宣布人类不再需要画画
但人们迷恋他瘦削的魅力
仍然愿意听他讲什么是艺术
这好比放浪的兰波，早已忘记了诗歌
但人们还想从他无神的眼睛里捕捉诗意
比起兰波，杜尚先生则有着严肃的幽默
他拿起一个男人的小便器，说
“喏，这就是艺术！”
艺术存在于男人的尿性之中
他宁愿把生活过成艺术，也不要
让艺术成为他的生活
他用两块大玻璃、水车、巧克力磨
和机械模具等一堆乱糟糟的东西做了一个
“被光棍们剥光了衣服的新娘”
艺术的密码便隐身在这堆无用的东西里
在临死之前，他偷偷画了一生中
最后的一幅画：一个被谋杀的裸体女人
——她被关在一个古老的破门后面
这个女人是不是跟他的《走下楼梯的裸女》中
的女人是同一个，鬼才知道！
不过，这个一点都不重要，重要的是
不再画画的杜尚又开始画画了。

看　见

四月里到底有什么？
四月里有苦寒的雨水
倾覆多色的花朵
两种颜色的玉兰刚刚在四月里
结束她们高洁短暂的生命
孤独的黛玉、永恒的多愁女子在树下
又为她们唱了一回
四月里有最多的离开和转身
有不能见光的阴谋、背叛
有来自幽暗中的敌意
有刀光和火把在黑夜里巡行
四月的空气里有血腥的气味
春天的行刑队在四月的雨里疾行
四月里有让人惊心和心痛的祷告
正是那一次的祷告引发了
一个人的死和同一个人的活
四月，用荆棘做成冠冕
用鞭子和长矛开辟出山路
四月里有对死亡的喝彩
有因为羞愧而痛哭的泪水
四月里还有在黑暗里长跪不起的人
有在厨房里不停劳作的父亲和母亲

而今天已是五月，是我女儿的生日，
我拿出四月，为远方的她治疗
一个月的咳嗽和揪心的乡愁

梦

我的故事还没有结束就要醒过来
我还在奔跑，还没有摆脱那个提刀追赶
我的人。一只鸽子在喉咙里咕咕咕叫着
那个惊恐的叫喊被卡在了什么地方，
挣扎着，总也发不出声音
生命的通道如此幽长，像一部拖沓的
电视剧。日子单调而庸碌，演员们都有
倦怠之心，他们厌倦了日复一日地
扮演不属于自己的人生。而我
奔跑在这不属于我的世界，竟然
还有颗不死之心，还恋着这世界的
美景美食和美人，我多想为她们停下来
只是那个提刀的人已从夜晚跑入白天
成为我一生不能甩掉的杀手、
执着追求真相的侦探
是我一辈子不能戒掉的睡眠。

钟　声

将一束光注入
钟声里
钟声便飞了起来

是光推着它飞的

它到达的时候
万物的寂静更深了
寂静比它本身更深了

我在屋子外面唱歌
看见钟声在春天里跑
它在满世界找它要找的人

多么明亮的钟声啊

穿过等待合龙的大桥
在睡眠之国里跺脚

我睁开假寐的双眼
顿悟了死亡的奥义

钟声，在光的燃烧里
呼唤发烧之人

一首诗在石头里生长
——给王家新

一首诗在石头里生长
它喝石头的水吃石头的肉
并从时间无声的脚步中懂得
轻盈的魅力，但它却选择沉重
选择石头的质地和肌理

沉重和轻柔是一对孪生的姐妹[1]
它寂静的内部曾经有过
怎样的火怎样的电闪雷鸣？
又有怎样的泥泞怎样的水经过？
它用心习得忍耐和等待的功课
看尽无数四季的气候之后，它不再追求
石破天惊的惊人时刻
最终，它长成的模样
犹如一头神兽从石头里被掘出
这神兽，它也有人的形象——
它站立起来，自峥嵘的岁月，
自石头破碎之处，
它开口，向人们说话。

水母，在大海深处跳伞

水母，在水的家乡眺望。
她们经历的一场伟大创造，让
幸福和苦涩成为水的体质
那前头更深的深渊，那旋涡，那
飘过来的五彩斑斓的鱼群
那更大令人无法洞悉的力量，裹挟着
她们欢快地前行。这水中的天鹅
她们柔软的脚尖轻踩鲸鱼宽大黑暗的
舞台，在这深渊和巨大的风暴里
跳一支人间的《天鹅湖》。海马的竖琴

---

[1] 引用曼德尔施塔姆的诗句，见王家新译本《我的世纪，我的野兽》中《沉重和轻柔，你们是同样设计的姐妹》一诗。

排着长队为她们伴奏，那推动洋流旋转的
巨大力量，也来自她们跳动的小心脏
它们催生了闪电，通电的海树和珊瑚
在海底放出光明。海葵替代星星升起
谁是那光明之子？谁又是那失去翅膀的天使？
海马更加起劲地弹奏，蝠鲼更加轻快地飞翔，
他们浑然不知那隐身于密地的海底发动机
将停止转动，巨齿鲨的阴影将向他们倾轧
水母，这苦难隐忍的母亲一齐跳起，
自鲸鱼航母般的脊背，自断电后的黑暗里
她们在大海深处跳伞的姿势像在天空里
振翅飞翔的白天鹅。

潜　水

无数的暗流
和
深渊
密闭的内循环

水，用无尽的柔软
隔断
空气和声音

但海底，有看不见的风
在
推动漩流

入侵者
学鱼的模样
在
水里行走
换气

鸟借助空气
飞
他们借助水

太初有道
那道化作了水

生物沉默
没有词
只有水之雪

更深地进入
类似
一场做爱
扎破了世界的血

下午嗑瓜子的一段时光

时光的永动机从未停歇它的工作
就像此刻的你，一整个下午都在做
一件事——嗑瓜子
瓜子的香气从你嘴里溢出

充满了房间的每个空间
你不停地重复着一个动作：
把瓜子送到嘴里，把瓜子壳放到桌子上
桌子上的瓜子壳已经堆成了一座小山
生活中的山你已经爬够了
而眼前的山不过是一堆尸骸
你享受此时的安静和孤单
你甚至从瓜子的炸裂声中听出了寂静
生活里的那些小焦虑和大忧愁
那些苦难和伤痛，暂时从寂静中退出
你也不再感到生活和诗歌之间
存在着那“古老的敌意”
此刻，你只是嗑瓜子，瓜子之外
一切都是虚空
你每嗑一粒瓜子楼下的那棵紫玉兰
便绽开一朵
到了黄昏时分，夜色开始露出它的眼睛
楼下的紫玉兰已是满树的琉璃
像黄昏里的无数火焰，点燃了那落日中的
声音[1]

火车摇滚（组诗之一）

车站总是热烈的：观众
从五湖四海聚集
为了听这高铁火车的摇滚曲

[1] 博尔赫斯《最后的审判》：“我点燃我落日中的声音。”

心跳的频率、奔跑的步伐
在与滚动的车轮
比赛速度

不同方向的火车在这里汇集：
到达，也是出发
现在，也是未来
一个世界通向另一个世界
就像现代也通向了古老

而此刻，密集的音符正用加速度
敲打冰冷的钢轨
它们制造出一种九重奏的轰鸣音乐——
用速度和激情
用节奏和变奏

有人唱出《一无所有》——
在这个丰盛的年代

摇摆的舞台，倒退的大地
我在呼啸声中撞见了
我童年的小火车
它正穿过时光的隧道
摇摇晃晃地朝我驶来

而在另一个国度，在火车的故乡，
在一列福尔摩斯曾经坐过
的老车厢里，我目睹了一桩现代
谋杀案

夜场电影散场的时刻

仿佛跟陌生人的一场约会，离开后
也许今生不再相见，也许
在未来某个时刻还要重逢。无论结局如何
总有音乐响起，此时沉默的力量更为强大
故事从梦里走出
来到一个光明的地带，或者，
重新进入另一段黑暗，另一个场景
镜头转换至行人稀少的街道
前路曲折、幽深
隆冬的夜幕如同生活的底色
冷峻而沉默。但在你抬头的时候
你仍能听见从前方一个星座里
升起的碰杯的脆响。

银　票

——为同题诗会而作

我们将月光在当铺里当掉了
兑换成银票，从此月光成了
一张纸。这张纸有着两种属性
一种属上帝，有慈爱有怜悯有公义
一种属撒旦，有贪婪有疯狂有杀戮

今夜，月光很好，碎银满地
像当年挨饿的犹太人，一觉醒来
旷野里落满了白色的吗哪

有人在月下扶犁耕种
有人在月下出卖灵魂

月光照好人也照坏人
月光之下无新事
相爱的人用银票写出诗行
仇恨的人用银票说出咒语

灯下，我读《月亮和六便士》
在毛姆的月亮里，我听见耶稣说：
“恺撒的应当归给恺撒，
神的应当归给神”

十二月的雪

这雪下得像火一样热烈
进入密室的最后一扇门
想象的空间被雪照亮
失望和希望在走廊里
扭打在一起
事物的悬念被吊起来抽打
唯有雪，用不停的下降回答着一切
从密室进入客厅，进入煮茶人的水中
进入新年献辞的祝福之中

最终，雪会掩盖思想者的
浅薄和苍白，并使之学会
卑谦的真理
雪的降落过程犹如神临
万物失语，众生屏息
世界俯身倾听雪的低语
如果可能，这时最好的办法是
进入雪的内部，倾听
那秘密脚踪的踢踏之舞。

打　包

出行前收拾行李是一件烦琐、
需要耐心的工作
首先是衣服，有长的短的，有厚的薄的
还有不同的颜色，它们是人的第二张脸
要小心呵护。我一层层把它们叠好
然后，一件件码放在箱子里
一年四季，我们需要不停地换装、变脸
当然内裤，不穿给人看，就
不需要折叠整齐了，揉团放在一个小袋子里
衣服之后，便是跟脸有关的东西，比如牙膏
牙刷，剃须刀，擦脸油，防晒霜……
哦，别忘了，还有假牙，它正躺在水杯里
龇牙地笑着。第三类是药物，各种维他命，
救心丸，降压、降糖药……还有安眠药，
装在五颜六色的药盒里，生命要靠这些药片
来维持运转，这真让人沮丧！

还有那难以启齿的疾病，更让生命羞愧它的
软弱。当然也有让我骄傲的东西：那些空闲里
写下的无用的诗行，那些我热爱的书籍！
它们让我无聊的生活有了生气和安慰。
接下来是最重要的东西——手机
以及它的充电器（那是必不可少的）
它已经成为我们身体的一部分，
是我们的眼睛、手和脚，有时还是
我们的大脑，是陪伴我时间最多的另一半。
没有它我们似乎寸步难行。
……当我把这一切都打包了，装在一个
29 寸的行李箱里，我长吁了一口气，仿佛
跟我的前半生做了一个小结。又仿佛
我的人生和生活都被清理，被打包在这个
只有 29 寸的空间里，我将拖着它辗转于
机场、车站、码头，以及不同城市的街道
直到有一天走向人生的终点，我自己也
被打包在一个小小的盒子里
——这一次是我的亲人打的包
那个小到可以抱在怀里的盒子也是他们选的。

阿　毛

中南财经大学（今中南财经政法大学）政法系85级学生，1988年开始创作并发表作品，获得过武汉地区高校诗歌大奖赛一等奖。1989年毕业后留校工作。2000年7月调入武汉市文联《芳草》杂志社任文学编辑，2003年转为专业创作。中国作家协会会员，武汉市文联专业作家，一级作家。

主要作品有诗集《我的时光俪歌》《变奏》《阿毛诗选》(汉英对照)，散文集《影像的火车》《石头的激情》《苹果的法则》，中短篇小说集《杯上的苹果》，长篇小说《谁带我回家》《在爱中永生》，阿毛文集（四卷本）等。作品入选多种文集、年鉴及读本。曾获多项诗歌奖。部分作品被译介到国外。

国家地理

由北而南，一路看尽

北极村冰花、北京月季
乌鲁木齐和拉萨的玫瑰
上海玉兰
武汉梅花、广州木棉
福州迎春花
台北杜鹃花
香港紫荆花澳门荷花

粉紫地丁开遍南沙
五湖四海的浪花溅湿我的头发

现在，我在一个界碑处
看到我衣服上的印花牡丹
忽然悲伤

翻越学府围墙

飞鸟和树叶
任意越过学府围墙的上方

安置在围墙上
高压线旁的镜头

360 度旋转

而被遥控的无人机
并不能进入任何领域

你写出格的字格外醒目

有一天，它会被追为
最美的字体

我记得一张张
探出墙外的脸

朋友圈的荷马

共享单车驶过
建筑物下的安全篷

地摊避开城管
和残肢的乞者

合作者在餐馆
喝白酒喝红酒

美女在私家车上

涂眼影和口红

在羊膻味和冰啤沫的街角
走过一位盲人

他在媒体人的朋友圈里
享有荷马的街边风景和名声

珞珈游

要看到
蓝天白云、月亮星星

要看到
小鸟风筝、花蝶光影

要看到
你看书本和远方的眼神

古银杏叶飘满樱花大道
宝通寺的雨下在珞珈山

刷手机的学者
无视橱窗里的蓝图

我又开始偏头痛了

而，手边没有戒尺

也没有止痛药

不得已在雨里收拢翅膀
在风中屏住呼吸

出游归来品蒹葭诗

芦苇借风声传播
它们的喃喃自语

江边的那一丛
要挽住波浪的手臂

归来者走进废弃的船
和水文博物馆

细品行吟者
给蒹葭和烟波的

诗，皆来自
古汉语、先祖与故知

我刚刚找到回家的路
他们在聚会上搬来

加德满都的金盏菊
和贝加尔湖的蓝冰

而江鸥离开水面
飞到芦苇荡中歌唱

白色天堂鸟

“爸爸，它们不飞呢！”

小姑娘用手悄悄去捉一只
然后用小怀抱抱住了一群

身后的父亲拍下这个镜头

“我出生的那天，
父亲在前院喂一群天堂鸟；

我十八岁那年，
天堂鸟移到父亲的新宅前！”

我每年都去看这群天堂鸟
今年我到了父亲去世的年龄

“是的，它们不飞！”

洁白的灵魂
守着苍凉的人世

大象席地而坐

——致敬同名电影

跟随他的
是恋人的鄙夷和朋友的死亡

跟随他的
是家人的冷漠和同学的嘲讽

跟随他的
是荒凉的青春和穷途

跟随他的
只有一条老狗了

他们不求救，不自救
对着旷野和风，沉默和低泣

他离家，他们离家
还好，冷风中有绿皮车

尚可以载他们
去满洲里看大象

冬天太冷了
棉被里的人在手机上刷着一群大象

又开始担心
机器人和基因编辑了

这一代的风雪归人

冬天的常规装备是
以棉衣配皮靴

相反的那一类
冷得抖音

把南方低沉的民谣
高歌成西北的摇滚

黑白格的坤包
模仿彩色爆破音

人潮拥挤的地铁口
刷着微信，投着叮当的镍币

为了一年四季穿薄装
她去了南方

年关时，在漫天飞雪中
顶着棉被厚的羽绒服回乡

风衣飘着大雪

这里木芙蓉迎着太阳开
那里三角梅顺着雨水落

我在它们之间
抖着风衣

飘几场
朋友圈的大雪

天地之间
身体内部

黑猫舞着白色的琴键
海水枕着无尽的睡眠

小鸟衔着石头飞
遇一群梦游者

于旷野
擦亮潮湿的火柴

晚　雪

不想梳头
以免跪在地板上捡头发

不想看见
无法引线的锈针

和公共卫生间的
落地梅花

雨阳篷挂着冰凌
和寒风的抖音

三季的玻璃水杯
用作了冬天的暖手器

我要好好款待老年的
大雪

再和春天一起请出
白雪下的草人和卵石上的山水

禁欲者和老花镜

老花以后
她不再看一张张具体的脸

而爱看斑驳的光影
和偏僻的寺院

她常常对着老花镜哈气
并用薄绒布轻轻擦拭

反复调正眼镜
反复辨认光影

反复走在通往寺院的盘山路上
反复敲击一只木鱼

仿佛在织一件
多年都没织完的毛衣

乡村史

他从户外采回花来
她把花放在床头柜

和餐桌上

天井立一只大水缸
白天蓄着太阳
晚上卧着星月

那是他们最好的
乡村年华

现在他在病床上
她捂着他的手——

“孙子打来电话说，
你的老花镜和大衣纽扣
在水缸里。”

海滨花园

她年近六十
戴着猫头鹰的面具
在退潮的大海边
转圈

她年方十六
跳出地上的小方格
拍着身体外的远方
和蓝天

海滨道的感官花园里排列着五官图
观景台站着一对拥吻的情侣

麻雀和鸥鸟
都先后栖过祖母的白发
和垂钓者的鱼竿

访者于后工业的大海
钓起摩天大厦
和变形金刚的零部件

恋爱时期的风光村

我们曾经在风光村
吃著名的臭鳜鱼
我记得那鱼在盘子里的形状
你几乎把整条鱼，它的心、肝
和世界都给我

最后，是臭鳜鱼
可以进史前博物馆的眼珠和身架

我们一别经年
因为鱼刺的后遗症
不再面对鱼
更不会面对同一条鱼

后来，我在渔馆前的东湖鱼塘边

放生了孩童的宠物龟
和来自大别山的穿山甲

我想说
如果它们健在
有没有遇到当年如鲠在喉的爱情

桃花潭边香樟亭

我在书房里
好久不见落花流水
好久不见的自然在书页间——
智齿、扁桃体和咳嗽
桃花鱼跳出水面
遇到松花鱼
亭台楼阁
挽着我的宽衣袍
我借蜂农的面纱斗笠
向花间的蜜蜂和蜂巢致敬

我老了
不仅爱核桃
更爱露水间的花草蝴蝶

陌生人，你也把我当作旧友吧
我们带着各自的蜜活在人世

徐瑶玲

祖籍河南镇平，生长在湖北襄阳，1989 年毕业于中南财经大学（今中南财经政法大学）政法系，现在上海中医药大学工作。

会议室

一个方方正正的盒子里
一排排整齐的桌椅

我坐在第三排 A 座
声音或低或高
从一个耳朵进来，从另一个耳朵出去

明亮的灯光下
四周的面孔一样的庄严
大雄宝殿的泥塑千姿百态

侧面墙上的时针
转了一圈又一圈
走不出它的圆

婺源高铁站

婺源高铁站里
有个品顺瓷器店
我拿起一件又把它放下
各种美丽的瓷器发出熠熠的光
却打不动我的心
我渴望的美丽
你藏在了哪儿?

钱俊君

1989年本科毕业于中南财经大学（今中南财经政法大学），北京大学博士。目前供职于长沙某机关。

黄昏之前

一场雨后
繁华落幕
一树一树紫藤花
羽毛般飞了一地

江天一色的日子
去了远方
不看时钟

荡　漾

明明是彻骨的冬夜
我却怀念斑斓的秋色
雨声燃烧着寂静的灵魂
这是千年的宋城
富春山下
我爱的孩子背影纯真

麓山夜雨
湘水无声无息地接纳
六个时辰的别离
将黑夜照得有些寂寥
唯有相聚
世间的一切才会荡漾

徐俊良

湖北省罗田县税务局公务员，黄冈市作协会员，1985 年 9 月至 1987 年 7 月进修于原中南财经大学财金系干修科(咸宁教学点)。自 1981 年起一直从事税收工作，工作之余热爱文字，先后有数十篇工作通讯和专业调研文章发表在《纳税人》《税收之窗》《新疆税务》《今日湖北》杂志，先后有百多篇(首)散文和诗歌见之于《作家天地》《安徽诗人》《柳州晚报》《鄂东晚报》等报刊，还有诗作被《暮雪诗刊》《中国荒原诗人诗选》(2018 年卷)选登。

通淝楼上

羞怯站在城墙后
透过历史的垛口
俯览从千年前走来的人群

真想找一个比寿州水豆腐
还嫩还滑的女孩
来慰藉我漂泊的心

路上所有的女子
行色匆匆
多像我的娘亲

寿州豆腐

来过寿州
我想找到一位美少女
又白又嫩

品尝过寿州豆腐
我只想把它带回去
调制成家常味道
陪伴我的余生

程韬光

当代青年学者，作家，诗人，编剧。中国作家协会会员，中国电影家协会会员，中国电视艺术家协会会员。毕业于中南财经大学（今中南财经政法大学）86级经济法专业，担任大型国企高管多年，现任中南财经政法大学新传院教授，郑州市文联副主席，郑州市作家协会名誉主席。代表作：长篇历史小说《太白醉剑》《诗圣杜甫》（上下卷）、《长安居易》《碧霄一鹤——刘禹锡》，剧本《大唐诗圣》等。作品被广泛改编为广播剧、话剧、电影、电视剧，获全球华人根亲文化杰出贡献奖、第十二届中美电影节“金天使”奖、中宣部核心价值观优秀作品一等奖、中国当代小说奖、第二届杜甫文学奖、首届杜甫文化杰出贡献奖、杜甫研究成果特等奖、“文鼎中原”优秀长篇小说奖、第九届河南省“五个一工程”奖、河南省优秀图书奖等诸多奖项。《诗圣杜甫》（上下卷）为中国作家协会重点扶持项目、中学生核心读物，并进入第八届茅盾文学奖终评。

童年记事（组诗）

失学后

春天我涉过一条河河水汤汤
岸上的庄稼已经抽穗
我守着它们——一同成长

蓬蓬松松的阳光
小蚱蜢在草叶上飞
我的狗在水边奔来奔去
照着镜子……

伙伴们背着书包一队队走过
远远传来脚步声
我不肯抬头
满脸通红

油菜花在远处多么灿烂
小蜜蜂多么孤单

宁静的桦林

我带镰刀出门的时候
太阳还没升起
桦林宁静

镰刀声惊醒一只鸟

它飞向蓝天
我把一束草加在头顶
失手的镰刀划破掌心

太阳还没升起
我听到了它的声音

祸

灿烂的阳光呵
大汗不止的弟弟甩下镰刀跳进水里
再也没出来

一串泡沫过后
水面如镜
云彩在水底蛙游

灿烂的阳光下
耀眼的鱼群簇拥而至

逝

炎热的中午我看见
你走在杂树丛生的山梁
脚下杂树丛生

你躲在草帽下行色匆匆
不知道你从哪里来
到哪里去

只听到背后的叫喊声

愈来愈烈……

多少年过去了
我长大成人还忘不了那个中午
我开始明白一切
又好像一无所知

美丽而洁净的石头

小鸟很久前掠过波浪的庄稼
那时小小的我们
就跟着母亲到遥远的地里
干活儿去了

雕刻着土地和收割麦子
身后是一片倒伏的海

青色的苞米在风中成熟
一垄垄飘过姊姊的头帕
秋天的高粱和豆田
芳香四溢令人陶醉

在泥黑的土地上
在太阳下劳作着
我们这群石头一样洁净的人们
什么时候被阳光孵化成鸟

诗圣杜甫

一

秋风翻开唐朝山山黄叶
散发着辉煌和腐朽的历史碎片　萧萧直下
滚滚而来……

喜欢登高的诗人
一个布衿草履包裹着的诗人
消瘦的身影倒映河流
如寒光闪闪的匕首
刺向一个繁华糜烂、烽烟四起的王朝
刺痛冬天

荒芜尽头
一颗硕大的泪滴里
诗人在歌唱
愤慨与希望谱成的音符宛如漫天大雪
覆盖骊山曲江、秦川同谷、花溪草堂……
一个时代的良心
在歌唱

二

印象中的唐朝总是下雨
一场长达八年的“安史之乱”淫雨
淹没了君王美人皇宫金殿

淹没了洛阳、长安……
雨打风吹去一座繁花似锦的江山！
只留下浣花溪边一座草堂
像冬天的鸟巢，风中咏叹

三

烽烟勾勒着战争的罪恶
累累白骨如旷野的树在大雪中燃烧
忧郁的诗人手无寸铁
只有一枝干瘦的竹管
心中怀着国家的兴亡百姓的苦难
望着洪水一般盘马弯刀的铁骑
举着血泪染红的哭泣的心
踉跄迎战

一首首诗歌或如凄风苦雨
沾湿霜冷残夜
一首首诗歌或如利箭刀剑
将一个时代
洞穿

四

他萧寒的身影如同麻雀
从一个枝头栖向另一个枝头
最后，无枝可栖……
以天地为屋的诗人
却用如椽的竹管为天下寒士盖下广厦万间
千年之后，仍将人类温暖

无数个波涛里星星幽咽的夜晚
诗人饮酒，将火一样的水在胸腔和心中再次酝酿
化成忧国忧民的诗篇，化成一池好炭
如果有一星良心溅入
那炭火就会熊熊燃烧
将一个时代焚毁
将另一个时代重建

安魂曲

女孩，我漂泊很久回到这里
我坐在你的床前
窗外月光真好
照着你的泪水和梦

你的入睡是我的幸福
咱们的家——安在风雨的林子
寂寞的林子
小小的家——只有风光顾……
看你入睡是我的幸福

为了你——我幻想着麦子
草莓和银质的餐具
女孩——为了你我要做个好人

我要静静地依偎着你
在这宁静的小屋
你的多么温柔的泪水呀

乡 村

在秋水上怀念你——乡村
因为我的女孩
我愿再回到你的怀里
让我们在无人知道的林子安家
让我们开垦一片农田，月光照着——
在户外劳动

去走遍林子
找回一些故事
我们默默坐在水边
了解隔岸黑色的庄稼

麦子长高了
孩子会来到我们中间
穿过铺满枝叶的天空
将我们的爱情传开……

因为我的女孩
我愿再回到寂寞的乡村
直到有一天
阳光帮我们卸下包袱
你摘下的草帽在麦田永恒地燃烧

出　走

为了追求爱情我出门的时候
母亲倚着门框
用泪水把我洗得干净
目光最后落在我激动的草鞋上

我穿过院子
一排果树向我作别——枝叶闪闪
果子压在头上
一只鸟唱了又唱
我听见流水的声响

我的狗对发生的一切一无所知
送我到堆放干草的禾场上
我忍不住回首
因为一个人——如今成了别人的新娘
我开始流浪

泉

汲水的女子叫泉
她涉过村庄后就泥牛入海了

泉却在我视野里
水一样流动
那一叠关于她的忆念
在我草叶的心上叮咚叮咚

我居住的地方
没有泉
干渴的人总伸着苍白而修长的手指
透过一页页楼层
抵向心中的乡村

泉我总悲哀地看着
大团大团的烟尘喧嚣过后
乡村和泉走了
就像你当初被金子包装走时一样
神情因太多的遗憾而默然

很多人因你走后而忆念你
甚至那些有恶与你的人
很多人因为失去了乡村而找不到家
甚至那些身居庙堂之高的人

还有更多汲水的人
此刻都掷下手中传统的绳子
（我想那些东西也许有用）
蹲在现代化的屋檐下
冲洗着一种叫生活的白菜
时不时有人在夜半为断水
而彻夜难眠

蒋玉玲

出生于广西壮族自治区桂林市兴安县。中南政法学院（今中南财经政法大学）法律系87级学生，1991年7月毕业后先后在广西壮族自治区交通厅、交通征费稽查局、南宁市国税局（税务局）工作。

玻璃桥

我已经不屑于揣摩这个南方城市的冬季
它坚持着温暖
与信念无关
阳光
发现了自己不了解的自己
在这一段如波心的桥段
浮游漂泊
尤其鲜亮

所有孤单的人都去吃老友粉了
这些留在玻璃桥上的人儿
摇摇晃晃
肆意挥霍笑脸
仿佛被爱情击中
小心翼翼
新奇
悸动

值得一提的是
故意无视的那些风景
如记忆前呼后拥
欢欣鼓舞时往往不会想到它
入戏太深
才会果然成真
而远景充满了欺骗
触手可及的

才是玻璃桥上
干手净脚的明静

古北水镇

明媚而干燥
即便是在水镇
红叶随处慵懒斜倚
以毫不讲究的姿势
垂柳更任性
就这样展示着秋意

似谁的康桥
架连着心事
我们款款行走在光影里
轻言巧笑细叹拾级
如长城脚下的小石镇
朴素而节制
夕颜正好
用最笨的办法去寻找
一首丢失的诗词

风吹不已
波影疲惫
夜色渐次围聚
寒意如水漫起
而你在身边
不离不弃

就像一个极有威力的梦
落地有声

酒

早就知道各自都颇有酒兴
简单走了一圈后
蒙古包开始凑向前来
夸张的喧嚣徐徐后退
你的影子
如存在的无穷素数
看起来无比孤独

喝吧
你不喝我会醉
连灵魂也会醉
那年秋天的风在吹
叶落飘零着
迷失在三环上的记忆
把背影倒进陈年的青梅
玩竹马的少年说归就归了

酒 器

有时候
只是单纯想和你走走
晒晒太阳
聊聊天气
小喝两杯更好
枯叶寒风扫
事务经纶间
岁月易老

你要往大了说
我也知晓
那一年致密炽热
奇点爆炸
宇宙辐射背景明显有碰撞的痕迹
推杯换盏间
斗转星移
壶尽情浅
还是走走吧
旧巷已无喧闹

走吧
计步器日日觊觎膝盖
三角梅在本街甚嚣尘上
张扬而有序
走进夜色更好
长箫独引凤
旧笛召伶来

都市永远不缺
铮亮的酒器

弦

上弦　下弦　能量弦
他教给了我一个全新的概念
虚无的
需要无穷无尽的载体
全方位展现
凡人从未提及的能量

超越感情　超越杠杆　超越想象
三维可视　四维可感知
五到十维空间
无法唯物　无法唯心
我理解就是梦幻

真该给他看看
关于黑洞
弦
关于平行宇宙
关于我从来处来
到去处去
关于邂逅他后
那一树的梨花开放

能量在此消彼长
眼泪　争议　凝望

承载着不可降服的宿命

未知的弦月下
时间又没有了方向
占个卜吧
在这个宜温酒　宜吟唱的夜晚
用寂静调出弦乐
用轻盈绽放能量

追　忆

我也一样有这样无法入睡的时候
午夜
凌晨
或者任何搅动思绪的时刻
记忆如回潮的哑炮
往往在人最脆弱无力的当口
平地炸响
弥漫一整夜的回音
我只好摆正身段
和往事握手言和
黑暗中不怀好意的觊觎
回赠你酒红色的夜衣
放开那种无谓的捆绑吧
好记忆　坏记忆
都会在天亮时
遁形于轻悄的叹息

潜伏的动机

你喜欢它在秋天的林荫下，
因为一切都已奄奄一息。
风，
像跛子在树间穿行，
重复着毫无意义的啸鸣。

而春天你也曾同样高兴，
欣赏那周遭事物的一半色彩。
那微微明晰的天空，
消融的云，
那单身的蝉鸣，
那朦胧的鸟爪——

朦胧的月
照着一个朦胧的世界，
那里的事物却是怎么也说不明白，
那里的你不完全是你自己，
而且，
不要也无须成为这样的人。

只是期盼着变化的兴奋：
那潜伏的动机、畏避着
那正午的重量，
那生活的 A、B、C、D，
以及
那充满活力的、傲慢的、致命的 X

胡不度

中南政法学院（今中南财经政法大学）法律系 87 级学生，20 世纪 90 年代开始创作并发表作品，主要作品有长诗《生于 60 年代》《献诗：高原》《地之极：在那遥远的地方》《回望长安》《时间，在丝路上静静流淌》，杂文集《诗学笔记》等。作品入选多种文集，部分作品被译介到国外。

做个古代的人

做个古代的人也有好处
围炉小酌醉里挑灯
良辰美景耳鬓厮磨
每一次出行都是真正的郊游
清风明月不觉春光将逝

如果愿意，来它一封竖写的信
“见信如晤”，从一个驿站向另一个驿站
打开的已是一年前的花事

所以盛行娃娃亲。要从童年的
阳光里出发，否则谁能保证
遥遥迎娶路，黑发不会变白头

诗与忧思

最好无诗，也无忧思
最好无春花，也无秋月

最好无蒹葭苍苍，也无在水一方
最好无独上高楼，也无望尽天涯路

最好无故国不堪回首，也无一江春水向东流
最好无古道西风瘦马，也无断肠人在天涯

有诗也无妨——只要，只要无忧思

写给诗歌

幸而有诗
你想你的家乡，我想我的往事

幸而有诗
你写你的悔恨，我写我的哀愁

幸而有诗
你唱你的爱恋，我唱我的思念

幸而有诗
你说你的淹没，我说我的沉沦

幸而，还有诗
将你我一一打捞，打捞上岸

落　日

落日在荒野上投下
最深情的目光，火的道路
落日巨大，浑圆
这苍天之眼正撒手而去

落日的关怀无限，投影
被拉得长长，眷顾也长长
最后的深情熊熊燃烧
落日如此地点亮了万物

万物依各自的内心
承受不同程度的温暖
万物因落日的关怀
披上同一辉煌的光的外衣

当落日的休止符敲下
新月的半音便升腾，响起
全世界都在夜色中入睡
只有我，只有我在想念你

雪的境界

雪的荒芜是一种境界
戈壁之外的戈壁，沙漠之外的沙漠
没有飞鸟的弧线

雪夜画梅
为瓣八十有一
日染一瓣
瓣尽则冬出

日子在你的手中
开出桃杏　开出莲花

佩　韦

本名韦忠儒，曾用笔名雪血、韦中玉等。中南政法学院（今中南财经政法大学）经济法系88级学生，曾获聘为《中南政法学院报》记者，现任职于中国建设银行佛山市分行。曾在《中南政法学院报》《大学生》《诗神》等发表诗歌，有诗作入选朱雪里、杨建堂主编的《大学生抒情诗选》和王键、阿毛主编的《山湖集》（第一辑）。

心的使命

醒来的时候
眼光点亮了日子
我越来越看清了天地
天地是一盏灯
万物是灯油
日子是被我点亮的灯芯
这样我也就越来越认识了自己
我来到今天
原来是带着点亮的使命
每一个天明
我都收藏一个昨天
那些过去的日子依然存在
我内心的世界是明亮的
那些过去的日子依然亮着
我来到今天
带着心的使命

身心如水

这世上唯一共同的语言是沉默
所有的声音都在沉默里
声音是沉默的重量
所有的沉默都在深夜里

沉默是深夜的重量
如果把深夜拧干
沉默如水
如果把沉默拧干
声音如水

此时深夜是万物之耳
所有的沉默都在其中
此时沉默是河床
所有的声音安睡地流过

此时我是深夜
是沉默
也是声音
此时我感到灵魂之重
如果把灵魂拧干
身心如水
这世上的坎坷是河床

罪　己

我坚持了很久
今夜终于认罪
夜色还是那么浓
也不过是一杯黑酒
我始终审判我的灵魂
而始终找不到定罪的依据
不过今夜我被发现了

我也发现了自己的罪
它潜伏得那么深
一直是我的导向
谁背叛了谁
谁的信仰是无罪的
一切的疑问都不重要了
我确信我是带罪的
世间的律法不能约束我的骄傲
我的罪与世无关
今夜我看到了
我拼搏的力量无限渺小
为什么信仰明天
为什么你的神与众不同
我的梦在黑夜中留下一点亮光
作为不可否认的证据
我必须承认
每一个夜晚我都不清白

女人与海

这个女人似曾相识
海是穿在她身上的蓝裙
海浪如风吹动的裙摆
听海潮
如听她走来走去的脚步声

似曾相恋
海燕是写给她的情信

相守如岛
牵手的地方
留下海岸线的印记

而今思念很远
望不到彼岸
女人如海
抑或海如女人
一切都是寤寐的风景

我的自由

要是没有困惑
没有执着
简单而从容
谁的灵魂不是自由的呢
可我的心是一个乱世
白云悠悠之下
红尘滚滚
看不清前方
而前方却像一团烈火
引我前行的欲望一如飞蛾
因此我并不自由
我是被欲望牵引的机体
可是自由
仿佛流浪的孩子
每一个晚上
蜷缩在我的心里

明天他还要流浪的吧
不要惊扰他今夜的安眠

诗人之老

他离这些花是越来越远了
近在眼前
远在诗外

他还是想和它们说一点什么
但没有了爱
他只是一个低级的动物

如今他每走一步
曾经的深情都跟在他后面
不断增长他寂寞的半径

他努力地向花走去
却一步一步地远离花心
前方的诗意一片死寂

也远离了一切的对手
不再有普希金那样的决斗
诗人之死遥遥无期

腊　月

腊月到了
又到了祭祀之月
早上，他出门而去
把日子握在手上
像握一支猎枪

晚上，他回到家里
把自己扔在床上——
这就是他白天打到的猎物
伤痕累累，但还有气
不管是寒气还是酒气

祭祀已经开始了
北风呼啸的夜晚像一把刀
把他分割给所有的逝去
春节是一个秘密的老情人
他是临近复活的第十一个海子

天意与使命

昨天白天天气很好
我看到了人间处处洋溢的幸福

在夜晚又和两只猫吃了宵夜
得到了两个知己
于是心满意足
了无遗憾
在回家的路上
抱一块石头
纵身一跃
沉入美丽的夜空

我和屈原的一跃是不同的
我们分别向相反的方向
他背向苦难
我背向幸福
他一跃的时候还想着人类
而我只想着两只猫

屈原一跃沉到了江底
从此在人间多了一个诗人的节日
我这一跃到了哪里
从月亮的旁边经过
穿过白云蓝天
醒来
还是寻常的今天
天气又是不错
仿佛幸福是逃不脱的天意
而诗人的使命并没有完成

白政瑜

中南政法学院（今中南财经政法大学）经济法系89级学生，1993年毕业到深圳，先后在多个党委政府部门任职。在繁忙工作之余，偶尔提笔弄文，在《诗刊》等杂志、报纸发表散文、诗歌50余篇。

中　途

有人在绚丽的世界飞舞
有人在黑白照片里停驻

荣辱与进退
愿望与破碎
辩证而清晰的痛感
推动命运的波澜
肉身和灵魂纠缠
像是爱恨交织的伙伴
没有成就的肉身
被年龄拷问
像骷髅般单调的线条

中途
是人生无法抵挡的交付
如果前半生没有无怨无悔的自豪
那么
中途是否应该成为
一种重启和救赎?

母亲河

虽然我不知道
你的源头在哪
又去向何处
但我被这种熟悉的感觉包围
河水拍打黑土地散发出迷香
高高的杨树林像被庄严地检阅
波光和霞光在远处交融
仿佛
地老天荒

安静地望着窗外
在想什么也没想什么
母亲河有种神秘的孕育
孕育少小离家时美好的憧憬
孕育志在四方时思念的荒芜
理想在搁浅
犹如一去不归的小船

就这样静静地坐着
任时光流转
忽然忧伤
一饮而尽
记忆里
那些干枯的江河

先人——清明节祭祖

请原谅
我在千里之外
不能到你们的住所
一一祭拜
只能借扬起的尘灰
作为对先人的孝敬
传递情感
那些心底撕扯的想念

这陌生空旷的路口
仿似阴阳交割的晨昏
多少躯体曾颠沛流离
多少灵魂曾风雨兼程
追慕繁花似锦
终究
进入黑暗的永恒

当祭祖的意识越发强烈
生命的苍凉也渐浸心头
更好地生活与家族的繁衍
是对先人最好的报恩
尽管流年如水
没有光耀的人生
也习惯着　笑对着
现实中很多平淡和遗憾
以及偶尔寒冷彻骨的光芒

等我老了

等我老了
我就回家
回到我出生的地方
那个春光明媚夏风清凉秋高气爽冬天雪飞的故乡

我要在辉发河的边上
小时打白菜籽的地方
找一间小房
围一个园子
晚上江风吹动篱笆
就像一把檀香木梳
梳起水草般丰美的长发

我要栽上果树
山葡萄、南果梨、山里红、小樱桃
种上蔬菜
生菜、茼蒿、韭菜、芹菜和小蒜苗
还要房前屋后养花
最土的喇叭花、地瓜花、串红和金菊
无论春夏秋冬
都要开得灿烂芬芳

要有茶和酒
有时间了
好好学下泡茶品茶
用铜炉、紫砂壶、青瓷杯和木茶盘

喝白茶、菊普、金骏眉、大红袍和猴魁
偶尔喝点酒
要好点的白酒
不管是大官、老板还是农民
只要合得来
进门都是客
袅袅茶香里
觥筹交错间
都可以
听到熟悉的乡音
抚摸故乡的温暖

我要在春天时去河边种树
夏天时走走高中背书的树林
秋天时去收割水稻抓田鼠
冬天时带着两个饭盒重走大坝
回味在五中苦读的日子

我要去抱抱小学时栽下的大柳树
它现在快四十岁了
依然挺立在老房子旧址前
我想把它砍下来
做一个箱子
把自己装进去
埋在那……

於中甫

中南政法学院（今中南财经政法大学）经济法系 8904 班学生。籍贯安徽，现居广州。中国作家协会会员，中国诗歌学会会员。鲁迅文学院第 33 届中青年作家高级研讨班学员。先后获全国第七届冰心散文奖、2016 冰心儿童文学新作奖、番禺市文学奖等奖项。出版诗集《我的唐诗宋词》《城里的布谷》等。

当一只鸟从远处飞来

当一只鸟从远处飞来
从黑夜的角落飞来
它停留在哪棵树
它有无进行瞬间抉择

当它从一个枝上跳到
另一个枝头
它有无片刻的犹豫和取舍

一辆辆公交车到站
有人下车
有人上车
我站在哪里
那路车一如既往
在来的路上

鸟儿开始鸣叫
早晨一点点张开翅膀
羽毛开始明亮

阶梯教室

台阶自此进入新的高度
上去抑或下来
一室人都看得一清二楚
独坐其中
一只鸟悄然飞进

十五的夜晚
有人看见月亮已经圆了
讲台的位置最低
戴眼镜的老教授便蓦地
定格了抑扬顿挫
众生梦醒抬头浅笑又复睡去
窗口两只鸟相偎而歌
似为什么添加什么

于是这里便热闹许多
最大的差异便通过台阶作筏
一股脑儿归于平等
讲台上的白发半个学期便更新一位
台下的只管静静地看静静地听
静静地静四年
路上撞见张大了嘴却呼不出尊敬
只好解嘲地猛回头
顾左右而言他

黑板上再写满如何充实的哲语

擦去后还是完完整整的黑色的空白
扩音器的声音再如何挣扎
头顶的三叶轮还是不停营造清凉世界
七月流火
坐在坐了很久的座位上想轮回时
一只鸟倏地飞出

在这座城市有一叶扁舟

夜色里
晃动的喧闹的波涛并未停息
白天里的八小时
每一台电脑都打开点击刷新签名
留下痕迹又被水抹平
每一个面具被雨水冲刷着
不知哪张更干净
而柴米油盐吃喝拉撒
把蜗居塞得放不下
一本唐诗宋词
小学的一道数学题让人想了半天
图书馆在周一闭馆
大街小巷里只见陌生人
一个老者木木地守着一个
放置一元钱的破碗
一个卖西瓜的在单车旁玩着手机
树下的合唱歌声留不住桥上滚滚车流
一群翩翩舞者舞动没有羽毛的翅膀
在灯光下捡起一朵跌落的紫荆
暗香浮动在脚下

珠江夜游的华艇来来回回
搅动一锅艇仔粥
有一叶扁舟
在江边在夜色里
自由出没

蚊子的黑暗时间

这是夜晚
是蚊子的工作时间
也是它们的生存时间
它们有它们的传承之道
生命的本能延续
如果换位思考
如果不以冒着生命危险
铤而走险吸取美味的血液
它们将去何处今又安在
你或者挥舞电拍或肉掌拍打
或者用蚊香蚊水驱赶
或者用衣服包裹蚊帐隔离
其痒难忍不胜其扰
狠毒的顽强的可恶的
最好赶紧离开
带着一摊鲜血混合
黑暗里已经停不了脚步
它们继续疯狂前仆后继
直到光把一切
照亮

城里的布谷

从北京到广州
从盛夏到中秋
这个声音是如此的亲切
一个切入
便回到多少年前的乡村
屋前大榆树的知了叫个不停
麦田里的蚕豆饱满
麦芒齐刷刷地站直身体
阳光一遍遍把它们平等地涂抹金黄
低沉的呼唤
如呼唤游子一般
永远不变的律动
有谁倾听出这么多年来
这简单的表达有何异同
金银花的香味带着一丝露水
月光下沉醉的良宵
穿着长袖校服的少年轻快地走过
也许只有这样的时间
才知道季节已开始转入
生命的清凉

把最好的都埋在地下

把最好的都埋在地下
如果不能更好地保护

把最坏的都写在字里
这是最好的呈现

黑夜里
不管你是谁
请把那些许多遗憾
藏到梦里去
一一实现

出　来

阳光从乌云里钻出来
就像月亮从黑夜里跑出来
就像兔子从草丛里跳出来
还有
就像那些年
晚自习还没有结束
你从校园的后门
准时闪了出来
黑暗里
眼波炯炯闪亮

我抚摸路边一块石头

我抚摸路边一块石头
它也是我的朋友
我拥抱一棵老树
它也是我的亲人
我捡起一瓣落红
它也是我的红颜

一只猫
在巷口
世间唯一不孤独的是它们
它们可以不关心老鼠
但在乎
一条鱼
和夜晚的叫声
春天在墙头上
一声声地起伏

闪光灯

吹冲锋号的
举枪瞄准的
扔手榴弹的
拼刺刀的

肉搏的
攻陷的城墙
一一瞬间定格
英雄儿女与豺狼强盗
都在镜头里成为历史画册
伸手不见五指的深夜
照明的不是闪光灯
而是敌人的
最后一发炮弹

一只猫走过冰封的荷塘

我宁可相信一只大腹便便的喜鹊
在梅花枝头落下
幸福地踱步
是怀孕了
而不是卵生的

月圆之夜
一只白色的猫
轻手轻脚行走在冰封的荷塘上
没有了荷花
心如止水的水面就成了冰
从西到东
它一定知道水与冰的刚和柔
接近岸边时它感觉了
冰块在白天被击碎的一道沟渠
然后轻轻一跃

白天里鸣叫觅食的麻雀
喜鹊和布谷
枝头的鸟巢
只是少数的安乐窝
零下七度的寒夜
更多的栖息地在黑暗的角落
关掉暖气打开窗户
我努力感受每一只鸟
路边睡熟的风声和温度

墙　角

把一只老鼠逼到墙角
把一个歹徒逼到墙角
把你的爱情逼到墙角
高墙下
所有的物体都瞬间变得渺小
都不如墙头的一簇野草
高大挺拔
它们在风中摇曳
舞动绿色或苍黄的生命
让所有的眼睛泛亮

唐　驹

本名袁雅蓉，出生于新疆乌鲁木齐。1990 年 9 月至 1993 年 6 月就读于中南财经大学（今中南财经政法大学）研究生部国民经济管理专业，现居深圳，供职平安银行总行。已出版诗集《武汉之春》（2006 年）、《赛里木湖的神谕》（2012 年），后者选入 2014 年广东省年度诗歌奖终评名单。荣获深圳“第一朗读者”2015 至 2016 年度“最佳诗人奖”。深圳市作家协会会员，现任深圳《前海潮诗报》主编。

行走（组诗）

最辽阔的憧憬

开始吧　那个离开人群的方向
我驶着心的双瞳上路
那是一条在混沌中有些清晰的未明之路
每当我靠近　它就用陌生人的神态
向前方延伸

我回忆自己的心就像一艘静静的潜艇
昼夜在海底潜伏
沉浮的海的呼吸就是它的呼吸
海的梦就是它对陆地最辽阔的憧憬

我或许就是借助了这种神力开向陆地
在无人知晓的时候出发
在阳光的注视下静悄悄地装扮成行者
这是一种庞大而又渺小的开始

这样简单的行者只有道路相伴
道路有时隐身在白天平凡的天空下
有时在风和雨中微微发着光
有时候道路像我　在岁月中轮回再轮回

是在风花雪月里落下的一场无所谓的回声

发光的人群

发光的人群　感到深深的炫目
那仿佛来自天空的光束　最高
最具证据力的法庭　让人们在发光中
取柴，饮马，点亮世上的炊火

我是一个路人　路过这个发光的城市
我同样怀着饥饿　一个女孩向我走来
我看见她发着光并举着一束火炬
她给我面包和一块金币

她听懂了一个路人孤独又饥饿的脚步
她用发光引路　让我们离开死亡的城市
让我们回到大路上去　道路在城市之外
道路的光芒也在城市之外

我保留了那块金币　它是宇宙中
最神秘的一种光源。它只要发光就行了
有时候我们在道路上离死亡很近时
它能发出微弱的召唤的光芒

行走之中的行走

这条小路地处城市的心脏
它的可贵之处是闹中取静
穿过城市热闹的那一部分　在这块静地里停留
仿佛能与沉静的美人同行

不要借问美人的姓名

是来自南方还是北方　重要的是
它美得如此中性和低调　它明白行者
在行走中更像纯色和一张白纸

这就是行走的意义。行走者不设计
过程　只设计每一步丈量的宽度
在日出和日落之间的距离　设计尘土
终将变成火焰的日期

我取出日出和日落之间的一段距离　行走
这一段道路中仍有很多神奇
有时候我看见了冥想之火　在它们
没有造化成尘土之前　它们也不会变成
真正的火焰

排列生和死

我在这条路上找到了寂静的手
它递给我手上的温度
低垂下眼睛唰地上路
它让我的脚步一直不能停

这是一条感悟生命的道路
它把路标放到春、夏、秋、冬的思绪中
让大大小小的石子暗暗旁观
再让风声舞动柳条和絮影

这条路下埋藏了另一个世界的前身
它是我们面对的这个大千世界的内心
解读在这个空空世界里的所有解读
都要用空气上篆刻的文字去感悟

深奥的道路和文字　谁又能彼此明白
该怎样排列生和死　那些带领我们向前的历史
曾在炮火的毁灭中打出广告：
要怀抱着文明和火焰一起燃烧

寂静是盛大的音乐

寂静是一种盛大的音乐
大地是无边无际的舞台
林立的城市建筑和遥远的山峦是布景
河流、绿地、繁星和人间灯火
都是这台音乐中散落的和音

我走在一条静静的细雨小径上
细雨使整个天空有一层薄薄的面纱
这层面纱在除了我之外的世界里飘荡
它仿佛跟随了我心中所有的依恋

细雨没有脸庞　它用足尖飘落在世上
它那温柔的手轻挽着面纱
仿佛向我低语　千山万水没有根的风和雨
都是人间开出一朵暖心的花

这里曾经汇集了人生中所有的音符
现在只留有一条静静的小路
当年小路在春天喧闹和盛开
现在她们已离开　它们也全体默默无言

流动的城市

行走在流动的城市中
我不知道这个城市正在流行的主题
幻想放弃在原来那个城市中的生活
在这个陌生的城市中放松自己

在流动的城市里　陌生人面对陌生人
像一排浪潮走过　他们的自由
像整个城市那么夸张　他们在演戏而不是生活
他们的生活是喜剧而不是悲剧

这是我喜爱的主题
我赋予这个流动的城市自由元素
我还修了假睫毛涂了新广告
把生活那桩事轻描淡写成一片羽毛

当我流动时城市就在流动
我无所谓站在喜剧的旋转舞台上或舞台下
重要的是要有生活的表演天分
和来去自如的悲悯情怀

生活日复一日地把我训练成演员
我同时拥有演员和自己的两颗平行的心
这就增加了生活的复杂性有时候
我需要一次深呼吸以此来确认
此刻的我正站在舞台上还是在舞台之下

纪念日

有时候我离开这一条荆棘之路
梦与痛的路　在别的道路上行走
在别的道路上除了我自己
其他都是陌生的事物

在路上的日夜潜行
已把我变成了与时光的心脏一起
跳动的人　它听到了我的内心
渴望生活的那一部分　它把那一部分
铸造成了颁给道路的银色纪念日

这块银色纪念日就是我的护生符
它的荧光在环绕我的半径之内
每当我在陌生的道路上伫立
它就在我的视力所到之处预示希望

我听到风的轻语和尘的降落
在伸出手掌的前方　有一只悄然来临的
红蜻蜓　它拍动那双薄薄的透明的翅膀
它仿佛出自于我的梦　并且足以羽化
任何生活之路的方向

猎　犬

在思绪尚未完全清醒的时刻
就已经走在道路上
这是清晨、黄昏或中午
是大部分人昏昏欲睡的时刻

我的发动机要卸下白天的伪装出发了
出发了　在寂静中的呐喊
或许穿不透你面前的那座山
却能穿透你自己的身体

然后身体就带着陌生的灵魂出发了
我们需要认清那些称为异己的灵魂
它们来过然后走过留下的那些脚印
我带着灵魂中唯一的猎犬上路
追踪哪些是伪装者　哪些是
岁月中潜伏的拳击手

遇见那些勇敢的人们。他们的特质
是在寒冷的天气里继续生存
他们可以沉重地碾过道路
也可以在城市中央驻足　观看
成千上万的市民欢呼和游行

心灵札记

我仅携带着心灵行走。心灵低头
移到外部　它不吭一声与我相随
我感觉到的心灵是一个空壳
有风经过

心灵离开了却没有远去　一朵云
它跟随着我保持一段距离　我们俩
像一双孪生的兄弟　我是灰色
是尘土的颜色　它是白色是影子的颜色

在这条路上我终将痛失守护的心灵
仿佛那朵云的影子
我明白终将失去时间和记忆
我还保持着微笑　用那生命的标志
与风和雨一一告别　与我未成年的云和梦告别

心灵它一直没有回头
它要在被雨微微打湿的路上走下去
只有走下去才能让我发现
跟随在它身后的日子里　我已渐渐苍老

它们的轻

这条路是我的休眠之地
我把一朵百合放在风的入口处
然后顺着它的花香一路走来
天空中飘洒的百合花瓣　为我引路

我把世界看得如此的轻
轻得像一叶百合花瓣　被风吹起
就能感受到全部的天空
它的透明的颜色有三分艳丽
还有七分纯真

我把世界看得如此的重
重得必须用这条纤路划分出一道
泾渭分明　这条路之外的现实世界
重若泰山　路之内诸神静若处子

我选择了一叶百合花瓣
和静若处子的事物　暗自观察它们的轻

在道路上的演变　它们也记录了我的重
和我对人世上轻和重的短暂看法

梦工厂

走在空空荡荡的道路上
熙熙攘攘的人生场景瞬间开始清寂
风像一张冷静的面孔　徐徐而来
时光飞奔于前方握有发光的训令

我选择了道路而没有选择水路
没有选择沿着水的方向深入
水的波纹细腻而有喟叹
水纹扩展到天边时遇到的竟是无痕

这一条道路让周围变为梦幻
让远方变为虚无　让他们变成你们
让复杂晃动的多种面孔变为单纯
让不能理解的事物因眷恋而发生

让我沉默而不能语言
沉默有多沉重喜悦就有多挚深
让时光隧道裂变成一条道路
通往艺术小镇
在人群未蜂拥而至之前
它与我之间是一座金色的梦工厂

路过人工湖

我走上这条普通的小路
它是同心街 131 号。它的风

微微扑着面庞朝西面吹去在这里
梧桐树在夏天沉静而腼腆地成长
勒杜鹃在冬天才开始找到苏醒和怒放的时节

你能在这里听到它们悄悄生长的声音
因为它们的喜悦而喜悦
路过它们的美丽而美丽
如果不把它们当成一条小路而是
一面镜子你会意外地发现
自己也有一双明亮的眼睛

你更会意外地发现
在离小路不远处是一个静谧的公园
有一个同样宁静的人工湖
人流就像流过人工湖的出入口一样
过滤着生活静静的梦

当从繁杂的人间来到这条路上
我就允许自己从成年人变成一个孩子
这个孩子可以追着一只蝴蝶
这是他全部的梦境和快乐

时光的琉璃

我在高空中寻梦
在飞机中从梦中迷茫地醒来
懵懵懂懂看向人间
那一块斑斓的版画正逆着我的方向飞翔

它用深不可测的眼神将我推离
在它曾经温暖的双手中

我感到了冷意我的花披肩
从季节灵魂的火焰中渐渐平静了

它的舞蹈。我是那一首
从土地上飞翔起来的流浪之歌
它将虚度的时光
掷给十八层地狱暗淡的阴影

然后沿着你所不知的速度之物
换乘另一组现代天梯。
那些隐身在黑暗中的彩虹瞬间搭成
与时光同质的白色天桥

如今我正在飞跃彩虹桥
手中握着馈赠的时光琉璃
它有二种秀色：琉璃色和白色
暗示我要去的扬州城
是一场晴天和古色古香相遇的天堂之路

易春雷

湖南隆回县人，1994 年毕业于中南政法学院（今中南财经政法大学）法 9005 班，现居深圳。作品散见《光明日报》《文艺报》《当代诗坛》《作品》等，出版有诗集《因为爱》《近山水》和诗歌摄影集《喀什的天空》。

红花郎

清风朗月，虫鸣细小，一个人坐在山中
夜夜盼你归来
而寂寞是无边的落木，是一轮轮荡漾的水纹
有戚眉之倦意，有秉烛之寻，但见杯盏空置
夜夜郎不归
我亦泪湿衣襟，思如涓流
一个人在炉上蒸烤
一滴一春，一滴一秋
看巴山夜雨
是坚贞，是相望，是相守的你和我
爱人，让我们一口饮尽这杯中郎酒
让我们一口饮尽这杯中郎酒

青花郎

那时，快乐是快乐，忧伤是忧伤，如天边云朵
来来，又去去
我们又在歧路上眺望，在小桥头回首
缓慢的时光虚掷，恰如在青花山庄

一壶是日月精华，一壶是心底乾坤
让人迷恋尘世枯萎的繁华，让我们反复咀嚼

日子里雪藏的芬芳

多少俊美与生俱来，多少朴素月朗星稀，是的
风雨雪霜一起回忆
在一低再低的民间楼台
积蓄所有的悲喜，只为那一朵清冽的浓香
从此，我们为青花而来，又为青花而去

中国郎酒

想起他的时候，天空更加高远
下雨的深夜
也有一缕缕温暖的阳光

可曾记起此处的玄妙，此处的律动
身体的江海如期涨潮
像一阕人间好词，朦胧、清新
而又绵长
似曾流传千古

我们再一次在丛林里迷醉，在沙场上铿锵
看千军万马呼啸而去
看爱恨情仇赋予晓风明月，从此世间再无瓜葛

饮者不需留名
饮者只需记得有一位郎姓朋友
陪他一起，在喧嚣的尘世慢慢变成隐者

闪过日月潭

一排排笔直的壮志牵引
槟榔树替代了虱目鱼
翻山越岭之后
太平洋最初的一滴眼泪
让太阳和月亮，落入怀中
清澈而又安静

上帝那么公平
失去的会慢慢收回掌心
沧也罢，桑也罢
主题就一个
远的近了，近的模糊了
一切散如风中乱发
星光会做最后的发言

只有中台禅寺下午五点半的钟声
准时按住人间的脚步

娄山关上的西风

且将西风留与万千山峰
层峦叠嶂，互诉衷肠

每一级台阶都是历史的章节
迷雾散去，马蹄声隐
在最低潮的时候，讲湖南话的人
由川入黔，又由黔入川
辗转中站稳
人生的第一次长征高峰

雁鸣塔牵手大小尖山
万顷碧波，浮光掠影
那是属于钢铁队伍的荣誉
摘取太阳光辉的勋章

八十八年前，在这里倒下的
所有人站立成山峰
这是他们的他乡
也是他们的故土

风继续吹
好像在呼喊什么
又好像在极力吹走什么

抚摸武当金顶

这是一场没有预约的对话
来去只是一闪念
就像你怀里今年的第一场大雪
毫无征兆毫无准备

很多事情也许正是这样
跳过脑子的过滤
脚步决定了方向
哪怕是高度　厚度　宽度
哪怕我们没有力量去承担

就拿你头上的金顶为例
大雪封山浓雾弥漫
为了一面之缘
以 40 码的草鞋
丈量 1612 米海拔的高度
以单薄的手掌
抚摸元明清以来的厚度
以一声湿淋淋的喘息
回应八百里灵山秀水的宽度

显赫的皇室可以标明美丽的地名
却无法想象地名的联姻
在琼台和天柱之间
一根若隐若现的索道
让我一个人急切地摸到
金顶厚重的岁月

一个朝代有一个朝代的幸福
一个人有一个人与生俱来
无法割舍的情怀
这不是宿命
这是问道武当之后
手中握着的那壶天地日月
在肠胃里闪光发热

对话从山巅的对视开始

抚摸金顶的铜墙栅栏
在冷冽的飘雪寒风中
感受将近六百年的温暖
是我回到了明朝
还是脱离地球引力
玉树琼楼烟雾袅绕之际
不经意已经离开人间

群山俯首低回
只有狮子山真实地行走
在天柱峰的对岸
雪花让狮子山有些哆嗦
可是我仍然听到了雄壮的呼喊
丹墙傲雪千山鸟已飞绝
一个银白的世界
将朝天门以下的一切覆盖
如果世界永远这样白着
我们的眼里不会再有黑的色彩

我知道自己终究还会回到人间
回到五彩斑斓的世界
看清眼前的色彩容易
看清色彩背后的质地很难
也许可以学会沉默
但选择沉默之后
我们又有多少时间

让自己变成金顶冰雕
裹着晶莹剔透冰清玉洁
到头来免不了
表面铜墙铁壁一样坚强
内心依旧脆弱不堪

夜宿茅台镇

云贵高原这个巨大的蒸笼
烤着脉脉含情的赤水河

茅台镇抵达沸点
空气里无处不在的酒香
走街串巷
夜让人有了更多更多的遐想

酒分子，原子，中子，质子
都成了人生快乐的一分子

胡杨孤绝

我在沙漠中苦等千年
只为你万里迢迢的惊鸿一瞥

相见从不恨晚
胡天八月的风刚刚掠过
翻转无常的云正马不停蹄
我挺直腰板抵御寂寞
在日复一日的黄昏时刻
坚信黎明的到来

我把此生最美的容颜
毫无保留地交给苍茫岁月
脚下这条通天的大道
是你跨越千山万水之后的答案

十楼的灯光

那些前尘往事依旧鲜活
像大鹏湾和武汉南湖粼粼的波光
跳跃在太阳升起的地方
见与不见，我们植物一样自由生长

这些年，四季更迭河山无恙
星星出没的黑夜
十楼的灯光
总闪现在日益平和的心底
从骑自行车到开摩托车、汽车
回忆这家伙踩一下油门
就快追上茶山刘的夏天
再猛踩油门
很快就追上青春飞扬的自己

十楼的灯光
母亲一样呼唤黄昏贪玩的少年
我们把黑翻译成白
把唯一的喜好
一不小心焠成行走江湖的青锋
做一个真实的骗子也好
我们在日子里不紧不慢不慌不忙

十楼的灯光
父亲一样鼓励不惧前行的脚步
我们在疲惫里爱着远方
背负无法完成的论文再次出发
踏上原来未知现在已知的旅途
双肩驮着风雨家国已在路上

生如逆旅一苇以航
南湖的水关山的月
我们马不停蹄的思念和梦想
岁月如此残酷
人世又如此美好
如果忘却十楼的灯光
我们就会少一根肋骨
有如醉酒时节恍恍惚惚跌跌撞撞

感恩和热爱携手十楼的灯光
就像喜欢春天的花朵秋天的金黄

森　森

本名陈林海，1972 年 1 月生，1995 年 7 月毕业于中南政法学院（今中南财经政法大学）法律系，法学学士。海南省琼海市人，海南省作家协会会员，中国诗歌学会会员。在《椰城》《海南日报》《川江》《长江文学》《诗歌周刊》等刊物发表诗歌多篇，并入选多种诗歌选本，现居海南省屯昌县。

牵牛花

早春的一个上午
我来到一处久违的别院，一切都还熟悉
只是瘦小的牵牛花长大了
它攀着篱笆爬上屋顶，比我高出一截
并且开出了紫色的花
那么清新、自然，在晨风轻轻的吹拂下
微微点头，有阳光洒下来
那一刻，我看到了它的端庄素雅，文静怡然
它背后的蓝天那么洁净，让我心生温存
这种不起眼的变化，多像邻家女孩
一直在你身边，又一直在不知不觉中长大
她们那么简单随意地活着
总是不谙世事的样子

遇见乡村小学旧址

屋顶已经坍塌，而墙体仍在
占满庭院的杂草，跑进了教室，不好好听课
只惦记春风秋雨，被罚站，一脸茫然
校名隐退，路径湮没，不闻书声
那些凤凰树、台湾相思，相继逃学，踩坏了
长满苔藓的围墙，有石头探出脑袋

东张西望，却不敢离开半步
黑板与讲台，被装进了老师的备课本
听钟声召唤，居无定所
而书包与课桌，一直带在我身上
在浪迹他乡多年之后，今又回到这里
找好位置，重新摆放

石斛兰

书房里的石斛兰
开着粉红色的花，从夏天一直开到秋天
一朵接着一朵，从未停歇
它们在绿叶间亭亭玉立，白里透红
平日里嘟着嘴
风一来，就不停地摆动
仿佛多年前我们家的小姑娘
坐在地板上独自玩耍，偶尔会抬起头
冲我们咯咯笑

菩提林中

整个小山坡
被一群菩提树占领
他们碗口大小，列队整齐，姿势笔挺

像一些立在原地的僧人
一阵风过去，又一阵风过来
叶子沙沙声响，仿佛念诵经文四起
让在林中的我，心生佛意
而树底下芸芸众生般的野草
却只顾着自己枯黄
顾着自己碧绿

中午时分，我们来到满昌园湖

像一个瓜，藏在山中
熟悉的名字，陌生的境地，满昌园
饱满，天然，无规则，青翠环绕
它的藤蔓，就是蜿蜒的小道，一直通到山下
中午时分，当车子如蚂蚁爬到湖边
有一种迎接站在低处，揽着天空与青山
我们要蹲下，才能握住柔软的手
而坝上的风，鼓满热情，一次次不停地拥抱
后来，我们试图登上一条小舟
因为剧烈的晃动，很快放弃，这种不安
让我在惊讶中环顾四周
山泉注入湖中，而飞鸟掠过长空
野草肆无忌惮地蔓延，水牛偶尔抬头
一座桥在岁月中渐渐斑驳，在这宁静的时刻
奔跑着千千万万细微的力量
维系着平衡，维系着满昌园湖的
清澈澄明

参佛的石头

曾经在海边
我看到一堆模样相同的水泥石
缠绕在伟岸的观音像下，满脸虔诚
它们被刻上名字，有了某种归属，拥挤着
像一群昂首听经的参佛者
当我再次来到这里
它们仍保持着原来的姿势，岿然不动
不远处，山上的草木在开花落叶，长枝结果
蓝天下白云飘荡，海鸥盘旋
零乱的沙滩，潮水不厌其烦来回擦拭
我双手合十，心无旁骛
却突然发现自己，挤在石头里面
一脸茫然

夏天的味道

犹记得那个午后
我站在窗台边往下望
浓密的绿把高楼包围，似慢慢上涨的海水
一条小道在绿色中若隐若现
这时，一个马尾辫女孩出现了
她骑着自行车，在小道上风一样穿行

我看见，整个绿色奔跑了起来

端　午

离清明不远
哀思刚过，在仲夏时节
欣欣向荣中的绝望更让人胆战心惊
一条小小的江水安放不下忧患的灵魂
两千多年来一直向外漫溢
让历史潮湿，庙堂的阴晦被照亮
却又止不住民间的泉眼
大地之上，还有谁在诵《离骚》唱《九歌》
谁来给出《天问》的答案
一颗紧锁的心流落成层层包裹的粽子
我们还要年复一年地慢慢解开
食中怀古，为他释怀
每次想到屈子，我就仿佛看见汨罗江
它就像菖蒲和艾草一直高挂在祖国的前额
斩妖除魔，驱邪降恶

桃金娘

许多野果都已经归顺了
山稔子仍然在山上，餐风饮露，守日出日落

白顾开花结果，不理人间事

人们对她听之任之，却又像是故意放养
留一些暗紫色的甜美
滋养缺吃少穿又无忧无虑的童年

当夏日里，枝头灿若红霞
粗壮的花瓣野孩子般，不停地满山奔跑
把沉稳的绿意搅得心事绯红

每一棵山稔子，在每一个果实里
都悄悄地藏下独特的种子
只有离开故乡的人才会对她回味无穷

很久以后，我才知道
山稔子有如此优雅迷人的名字
就像突然发现的善良朴素的母亲，温婉迷人

苦楝树

很小的时候
我就认识了苦楝树，它像我善良的邻居
在房前屋后，村边路旁，随处可见
一副君子相，文质彬彬
春天它开出淡紫色的花，冬天掉光了叶子
在长夏短冬的绿岛上，仿佛独占寒气
它结出的一串串苦涩的果实
悬在枝头，无人问津，成了孩童的战斗武器

在故乡，隔些年就会增加一些苦楝树桩
像闲置的座位，空荡荡的老屋
木然待在原地，而枝叶已化作柴火
躯干登堂入室，成床，成柜，成桌，成椅
这些散落在乡间的苦楝树
长着一双无形的脚，一生在不停地奔跑
向着土地，向着天空，向着房屋
终于闯进了人间

期待一场雨

——在西南联大旧址

我到来的时候
雨已经停止了，没有风声，与我一样的访者
脚步缓慢，轻声细语
生怕地方太小，还未细嚼，就已走完
生怕声音太大，打扰了安静的灵魂
此时，站在教室里
我多么期待一场大雨从天而降
戴眼镜的教授，或长袍宽袖，或西装革履
他们挥舞的手臂，慷慨激昂的言辞戛然而止
停课听雨，铁皮屋顶，噼里啪啦
这自然的音乐多么美妙，从窗口向外张望
绿色、清新，水珠在草叶上跳跃
兴许还能听到蛙鸣，这久违的依恋
让信仰与坚守更加坚定
让炮火、呐喊、绝望、侵略、贫穷与落后
被阻隔在雷声之外，这短暂的纯粹
心灵的宁静，随着雨声的停止

纷纷落下，消失在师生们奔走的身影里
直到现在，还能清晰看见

地下铁

秋日很旧了
下午的阳光显得老气横秋，到哪都依偎
院子荒芜，长不出蔬菜，飞不来蝴蝶
这脱漆的旧地，更多的是静
让我想驱逐灰尘，以及咖啡香气
多么期待有一场秋雨到来，打破你的眼神
辨认我的脚步

是的，我喜欢乘坐地下铁过来
这从地下取出的路
避开繁杂，拥挤。一堆铁，奔跑的铁
让我拥有了遁地之术，让我
在泥土里看不见泥土
在黑暗中看不见黑暗

谒未名湖不遇

我穿了大半个中国的俗身
终究不能越过人为的藩篱，相距不足三百米

回首，不遇。未名湖就在那里

其实我想见的，也不是现在的水
它的宽窄、清浊、冷热，或者风景如画
却似一个与我平行的存在

而很久以前，我已抄了近路，进了燕园
领路的是，一个个凑在一起的
汉字、光影，还有呐喊

它们拼凑成著作、诗歌、纲领、史书和学说
一个世纪以来，陆续散落进湖里
像阳光的碎片，成了灵魂

这不朽的灵魂呀，或长袍马褂，或西装革履
他们举着未名湖的镜子，迈开步伐
把烽火踩在脚下

谒未名湖不遇，我转身，进了寻常巷陌
此时秋高气爽，天空湛蓝
几只麻雀在核桃树上跳来跳去

砍香蕉记

秋日里，父亲带我去砍香蕉
田野的风来回穿梭，传递着收获的喜悦
一次又一次地，撞酥我的腰身
只见父亲手起刀落，一穗香蕉迅速离开树体

歪歪斜斜地倒入我怀中，再手起刀落
笔直的香蕉茎杆被拦腰斩断
刚刚还是挂果累累，体态婀娜
瞬间却身首异处
我知道，每一棵香蕉树，一生只能结一次果
取果之日，便是砍树之时，新的香蕉树
会从旧根部长出来，循环这种宿命
望着横躺的蕉秆汩汩流出的泪水
我真想把满园的香蕉，甚至天下的香蕉
全部都赶入深山，永远不要
到人间来

旧码头

所有的船只，三十年前
遁入了时间的隧道，再也没有回来
岸上的平顶房、石板道和铁栏杆，在等待中
慢慢变老，陆续离开
不断有新的河水，流过拦河坝，此景如昔
我站在旧码头边，对着故乡的方向
开阔的河面，空荡荡的，像一张巨大的白纸
铺展在我的面前，任由我用记忆的笔
画下往返的客船，清晰的水路
画下乡亲们熟悉的面孔，儿童的喜悦
再被微漾的波涛，一次又一次
轻轻擦去

陆海峰

笔名海风，诗人，中南政法学院(今中南财经政法大学)92级经济法系经济法专业学生。现居广州。

岩　洞

截取一段阳光
在黑暗中穿行

肆意鼓噪的蝉声已经消失
水滴持续地落在岩石上
声音敲打在心尖
仿佛在述说一个永恒的故事

登上小木船
在暗河中缓缓划行
上无片瓦
下无寸土
去追寻另一片明亮的天空

山　居

上山的小路消失在密林中
红墙的庭院藏在竹林里
山间小溪弯弯曲曲流向山下
山脚溪边的村寨炊烟袅袅

春天的遇见

激起溪流的浪花
林间缭绕的烟云
是挥之不去的往事
盛开的繁花只是美丽的谎言

禅寺的钟声响起
如落入湖中的石子
惊起梦中的白鹭
山中的烟雾渐渐散去

渡劫记

来到人世间
你在风雨中站成一棵树

太阳照不到你，苍蝇围着你转
你发出灰暗的叹息

日子像黄金，在海水和火焰中
铸成金灿灿的样子

你欢呼一场大雪，埋葬这世间
所有的污点。春暖花开时

满山的格桑花
是上苍给予你最好的礼物

照妖镜

把你抛到九霄云外
一切都将云淡风轻
我哼着小调
走在我们曾经走过的林荫小道上
仿佛什么也没有发生过

三月，桃之夭夭
人面桃花相映红如你
我不看

六月，清莲出水
幽香阵阵如你
我不闻

七月，雨季来临
雨滴敲打着紧闭的窗棂，窗外事
我不问

八月，你在十五的夜晚
举着一面镜子
笼罩着我的世界
让我无处逃遁——
狠狠地将我打回原形

蓝月亮

月亮升起来
皮鞭抽打着我
打出另一个月亮
这个月亮是你
我骑一匹快马
奔跑在昔日的草原
追赶遥远的你
追到茫茫大河边
一轮落日
映长河
变成蓝月亮

水中月

就这一亩三分地
你不去管
让它在岁月中荒芜
幸存的韭菜也任人收割
一门心思想着江湖
远方永远是远方
再锋利的刀也够不着
翻篇吧

秋蝉躲在树荫中高声嘲笑
夏天再火热的激情
也抵不住秋风狂扫
不信，你看看窗外的落叶
它从枝头下来
告诉你夏天早已远去

祈　祷

香案上摆满了供品
一炷香慢慢燃尽
菩萨并没有微笑
虔诚的烧香人起身
拍拍尘土
带着微笑走了

朱建业

诗人，兼写诗评、散文，法律硕士，广东省作家协会会员，中国诗歌学会会员。中南政法学院（今中南财经政法大学）法律系 92 级学生，现居深圳。作品散见《诗潮》《诗选刊》《诗歌月报》《中国诗人》《安徽文学》《特区文学》《流派》《创世纪》《洛城诗刊》等文学刊物并多次获奖。作品入选《中国百年新诗精选》和《中国当代诗歌赏读》等多个选本，著有诗集《月韵》《风灯》。

染 黑

妻强行把我斑白的双鬓
染得比黑还黑
好像我的头发从来没白过
好像我这么多年都白忙活了
好像我多年来清白的生命
一直就黑漆漆的
好像这年头黑真的能裹住白
好像抹黑一个人真的轻而易举
看着自己被染的一头黑发
我终于相信：乌鸦本来是白色的
只是天下把它们染成了
一般黑

清 明

夜色澄明，树木在吞吐
清风。我立于枝头，仰望明月
或许早已忘却，如何才能飞抵故乡
每个节日，都暗含改变岁月的能量
这人间的浮世清欢，转眼间
成了墓间荒草。最明亮的地方
成就的是最黑暗的阴影

人间谁不是过客？众生仓皇
灵魂终将离开进入炉膛的肉体
无形无相，无死无生，无我无人
这苍凉的人世怎可久住？
且让泪水，汇入长流细水
且让怀念，接受物是人非
云中传来丝丝缕缕的梵音
清风明月！可否渡我
成一片混沌……

谎　言

那一年，母亲四十五岁因病离世
外婆七十岁
为了不让老人难过
亲友们对她隐瞒了噩耗
当外婆埋怨母亲为什么不去看望
大家都找无数理由解释
外婆在谎言中生活了十二年
直到仙逝
母亲也在外婆的埋怨中
多活了十二年

重阳节有感

重阳，重阳
每个人生命里的两个太阳
一个叫父亲，一个叫母亲
而属于我的
一个陨落在我的童年
一个在我中年时坠入黑夜
从此，我的世界暗无天日
直到我也成为一枚太阳
黎明才悄然到来

八月辞

初秋意平。风暴尚未降临
鸣蝉藏于花间，依旧在赞美夏天
即使到了水深火热的八月，颂歌依旧不可少
只是我看到一只蝴蝶在低处飞行
扇动的翅膀挟惊雷于无形
时光不紧不慢，中年徒劳无功
像窗外池塘的涟漪，不足以引起惊涛骇浪
而我，黑色的眼睛里已无物无人无我无众生
岁月苍凉如斯。所谓静好
是因为人间还有爱在滋养我前行

再没有多少白天黑夜供我挥霍了
这初秋的每一片落叶都是我失散的亲人
它的纹路记录着我完整的一生
八月，我生命诞生的这个时节
每一天我都在静静祈祷。每一天
都在顺着秋风低下头颅，向我的来处
双手合十

月光下入睡的孩子

九月降临的夜晚月华如水
缓缓流过黑暗中的光阴。时光深处
你们安然入睡嘴角含笑
均匀的呼吸宛若琴弦在月光下
优雅地鸣奏洗涤着飘落的尘埃
绝不伤秋悲月。每一缕微风
都在赞美这个夜晚的完美。我甚至
听得见你们体内拔节成长的声音
与我的逐渐衰老相互印证
这是生命的此消彼长吗？如果是
我是多么心甘情愿！这份爱
引导我深入万物的内心，不再与时光对抗
看，月色正渐渐消隐！她也想入睡了
她要去照亮你们甜美的梦境

有雨的黄昏

天色渐暗。窗外淅淅沥沥的雨声
像蛛网上的蝴蝶，正扑腾着翅膀
它在死中活着。而我，在活中追寻
死亡的意义。风在吹拂不可阻挡的暗影
想让黑暗晚点到来。飘落的叶子
在雨中越飞越远。如多年来
我心中那些若隐若现的影子
时光深处里，也许我早已忘记
这些黄昏里曾流过的泪——如月光，如尘埃
终将在夜色中无声无息——我深爱的尘世
也终将被黑暗吞噬

白露吟

时移世易。白白浪费了春花、夏蝉和秋月
慈悲的甘露，收走炎热和喧嚣
滋润着盛世下的每一只蝼蚁凉意
唤醒许多沉睡的事物落叶也在啜饮
繁华和鼎盛。褪去这个世界的浅薄和浮华
诗和月游离于季节的边缘
被一滴甘露映照在九月的晨曦里
心无生死岁月更替多少离人不言不语

多少故乡已成他乡多少清凉
瞬间抚慰失落的灵魂冰凉的手指间
白露为霜白鹭逆着河流飞翔
白鹿在月光下频频回望破碎的蝉翼
凝成露中的琥珀落花用晨曦收藏夕阳
何处，可遇见那葬花的人？

关于世界杯

喧嚣中巨大的寂寞。一场盛宴，也许
就是一生。恰如玫瑰遭遇花期
只为完成一次绽放。美丽的生命
短暂而清晰：像一次完美的射门
惊世骇俗的弧线，掠起一道彩虹
每次回忆起，相当于在岁月的绿茵场上
摆上一张阻止老去的网。是的
要全神贯注。守住每次无常的进攻
可能就守住了一生。这不难想象
偶尔一次奔跑中的不慎，就可能被一张红牌
罚出世界之外。时间并不是公正的裁判！
它溶解了喜与乐、信念与哀伤、尊严与耻辱
关于输赢的虚构，让草皮在践踏下
战栗。那些山呼海啸的喝彩与嘘声
让我们孤独，却无法离场
只能眼睁睁看着自己被踢向
某个不可预知的未来
这个惊悚的夏天，越来越多的离别
将我掩盖成一座绿茵场。这喧嚣中的寂寞

狂欢而又痛楚的盛宴，就是我
悲欣交集的一生

一只小鸟

中午饭后，在烈日下
散步于荔枝公园
看见熟悉的湖中央
一根插入水中的棍子上
立着一只黄头白嘴褐身的小鸟
如如不动，宠辱不惊
水中深不可测的事物
风声、热浪还有行人的脚步
都不能撼动半分
它像遗世独立的高僧入定
又像在期盼某种风雨降临
这多像我，多少漩涡经历了
还稳稳地站在
这暗潮汹涌的水面上

自画像

他的体重很多年都在七十五公斤左右徘徊
他的身高二十岁时就一直定格在 171 厘米

他的头有点大，但并未装进多少宇宙真理
他的山根较低，据说这是出身贫苦的标志
他颜值不高，但看起来还算和善真诚
他肚里的脂肪日渐增多，灵魂愈发沉重
他的双鬓被霜雪染白，但心依旧简单
他属牛，额头凸起的两个角未被岁月磨平
他有些牛脾气，但还算光明磊落
他 206 根骨头里的钙质渐渐流失。但是，
他卑微的脊椎依旧伸得笔直不肯弯曲
他经历过太多爱与恨，以及笑容背后的杀机
他辜负和伤害过很多人，也常被辜负和伤害
他常常苦求不得，但不求时好运突然降临
他终于明白心里的苦，全拜这具肉体所赐
他更明白这肉体只是一颗尘埃终随风而化
他也明白了人生无常但盈虚自有定数
他因此像鱼一样游离了那些漩涡和暗礁
他逃离那些被欲望扭曲令人不寒而栗的面孔
他不再苛求名利和遥望深不可测的未来
他不再在意那些关心或蔑视的目光
他收回了被雾霾和烟花绑架多年的眼睛
他重新关注唐诗里的朝露和宋词里的夕阳
他掏空身体让李白苏东坡陶渊明住了进来
他以笔为桨以诗为舟，靠近一汪桃花潭水
他朗诵诗歌使寒冬变暖使暮色变白
他用孩子的纯真治愈童年巨大的创伤
他犹如莲花不着水，又如日月不住空
他是谁？他绝不是这具肉体
他也绝不是一个名字，他也绝不是我
他只是试图用诗歌对抗时间的一片虚无！

梦见梵·高

如冬天的阳光
你从窗口淌了进来。右手拿画笔
左手拎一只装满油彩的耳朵
一言不发，像神一样肃穆。然后
用笔蘸着光线里的尘埃
为我作画。一张狮子的脸
浮现在虚空中。碎片似的
时光，缓慢地，构成了我。
笑容，在流逝的荒芜中
若隐若现

台风的名字

台风“山竹”来势汹汹，十分残忍
学校停课，工厂停业，交通停运
“山竹”，多么美好和温情脉脉的名字！
“天鸽”“妮妲”“梅花”“安琪”“莲花”“天鹅”……
它们，都曾是台风的名字

李开华

1973年10月生，祖籍湖北，中南政法学院（今中南财经政法大学）92级经济法系学生，现定居广州，广东金桥百信律师事务所律师。

眼　镜

戴上眼镜
看到了灰尘
看到了很多表情
取下眼镜
看到灯光朦胧
看到了背影
闭上双眼
现在的我
看到了过去
也看到了未来

跑　鞋

一双跑鞋
黯淡在角落里　很久
一双皮鞋
陪伴主人　从早到晚
一支毛笔
在角落里寂寞
一部手机
从早到晚滴答
每天

头脑转得快
却身材走样
今天　我要
穿上跑步鞋

茶马古道

茶马古道
我们是快乐的货物
被哈利·波特驮着
跟随着马夫的吆喝
上山下坡
拉什海里
我们是快乐的小艇
被阳光晒得温软
跟随水的方向
自在地游荡

离　别

冰镇火锅
妇科　内科　中医科
家庭连锁酒店
家乐迪量贩 KTV

华夏太古影城
非烤勿扰
杰拉网咖
格林豪泰酒店
地标希尔顿酒店
红旗飘扬
两个高灯照亮
跑步的
滑板的
压马路的
都爱来这里
有只小老鼠
也乐得跑来跑去
终有一天
我会怀念这里

冬天的早晨

猫咪撑了下长腰
夜宵摊前还很狼狈
招牌灯还没有睡
冬天的早上
被贴了牛肉干的车还没有开走
勤快的卖菜人忙个不停
好像生活没有昨天
只有今天
前几天我忘了个很重要的日子
而妈妈也没有来梦中找我

小二狗已经几天不舒服
昨天发烧了
真的就是一条小狗
成天跟在妈咪后面
叽叽歪歪
这个冬天
有点冷
时间不紧不慢
就这样
昨天已不见
要跟今天握手拥抱

回　家

街道突然安静了很多
橘色人仍在美化城市
树上挂上了红灯笼
门口都是大吉大利
着急赶路的人
无心顾及五彩斑斓的街道
只为奔向家的方向
这是南方城市的一隅
我站在这里
蓦然想起以前的模样
望着母亲睡去的方向
惘然若失
又失魂落魄
春节似陈酿已久的酒

一旦拧开
就在游子的心里
充满芬芳

虎门大桥

在夜里
行色匆匆
堵在一座桥上
爬行很慢
看夜渡的风景
过渡的人
看桥上的流动的夜景
没看够
却已到岸
珠江从这里流向海洋
夜景很美妙
我们开心路过

严利东

1972 年生，湖南华容人，中南政法学院（今中南财经政法大学）经济法系 96 届本科毕业生。现就职于湖南警察学院法律系，副教授，兼职律师，长沙仲裁委员会仲裁员。主编公安部统编教材《合同法教程》，业余爱好诗歌创作。

抽象的影子

黑夜一马平川
寂静安然无恙
一个抽象的影子
躲在时间的背后
偷窥我的存在
我无法计算我的位置
天上，人间
还是水的中央
我总在夜色中慌慌张张
触摸
碰撞
直到影子形骸放浪
时间在寂静中流淌
寂寞如我
如影子
久久对视
却找不到温暖的亮光

天黑，请闭眼

阳光下
灰尘总是肆无忌惮

在阴暗的角落飘浮
开一扇窗
让灰尘无处遁形
其实是徒劳的假想
再多的努力
那只是光与影的传说
传说折射出的熠熠光辉
欺骗了你的眼睛

其实阳光下的美好
不需要眼睛的诚实
温暖包裹人心
雨后的阳光
总会唤醒彩虹的娇艳
灰尘终将被拂拭
与天黑无关
只有闭上眼睛
天的黑
才是纯的黑

正在输入……

那些只言片语
在表达后
总能把心思藏得很深
如果没有后台
那些表演将会变得匆忙与苍白
语言无声

文字在空间里舞动
优雅将所有的情愫包裹得富丽堂皇
在冷漠的时空里慢慢流淌

当温暖的问候变成文字
当语言变得多余
思念不再是一种奢侈的品位
拨弄指尖
即可输入华丽的表达

正在输入
那是因为
我们正在后台
化妆文字
准备表演

一只堕落的苍蝇

因为不美丽
因为酿不出蜜
因为没有温馨的家
因为没有自卫的武器
因为纱窗
因为马桶
因为污染的水
因为满是洗涤剂的垃圾
一只饥饿的苍蝇
宁愿在一朵野菊花上

改变自己的属性

微信朋友圈不再有离别

离别的羌笛
不再凄美
她在抖音的红心里哭泣
杨柳依依
玉门关的期待
幻化在南方的艳阳里
西出阳关
那是诗和远方的记忆
桃花潭的水
淹没在普吉岛的清澈里
汪伦远矣
今夕何夕

长亭外
海草海草在那里摇摆
古道边
摩擦摩擦在那里飘摇
天之涯海之角
已是漠不关心的距离
玉壶冰心
那是群主的秘密
辛渐安在
陌上花开
来兮归兮

朋友在圈里
天涯若比邻
离别没有酒
没有羌笛
没有长亭外的杨柳依依
只有一颗点赞的心
在朋友圈冰冷地伫立

狗尾巴草的冬天

当秋天的风
拂面的时候
狗尾巴草总在那里微微地笑
阳光很好
懒懒的
他把所有的心事都抖落在秋日的风尘里

秋日的温暖
那是留给冬天的怀想
寒风中的飘摇
那是狗尾巴草的曼妙
那些留给秋天的记忆
冬天还在吗
狗尾巴草的冬天
还温暖吗

春的耳语

春天里
总会有些春天的故事
那些星星点点的黄花
等待春风的耳语
然后绽放

绽放的花
在我的手中
透过那隐隐的花香
是我万千的爱怜与牵挂

春日里那些
点点滴滴
像我手中的那束鲜花
紧紧地拽在手中
然后变成我心中的花
在下个轮回里
次第怒放

一个微醉的女子

不曾举杯
玲珑的酒杯空空荡荡
假如像芬芳的酒香
不计后果地袭来
那个微醉的女子
嫣红的笑脸恬静安然
我在下楼
你在仰望
含情的目光如幽幽酒香
假如你美丽的眼神
穿透我胸膛
注定我今夜无处可藏
我期待你的眼神
正如你期待我的臂膀
轻轻挽起
你说你在抚摸窗台上的阳光
那片刻的温暖
不经酒意
你的酒杯也空空荡荡
假如今夜你释放的勇气
如这芬芳的酒香
沉醉在心里
弥漫在脸上

谢华扬

广东梅州人，中南政法学院（今中南财经政法大学）93 级学生，曾任院报学生主编。在深圳做过法官，在上海、广州做过律师，在香港志嘉投资公司担任执行董事。2015 年被聘为中南财经政法大学硕士研究生合作导师、中南财经政法大学院报人联谊会首任会长；2018 年被聘为广东外语外贸大学特聘研究员；2019 年被聘为中南财经政法大学中南粤读会“人文顾问”。

时光倒流

清晨，遥远的山岚吹来了曲子
本是清秋，可我已经萧瑟在风里

这是一种怎样的感觉
宛如土制的陶笛，吹奏最原始时光

曲音里飞舞着泥土的情绪
花蕊开放在无数寂寞的风里

熟悉的香气是抓不住的回忆
原以为可以忘记
可是连梦中的血管里都奔流着你

许多的念想
在温暖的河流里翻卷着多情
那飞溅于天空的浪花
能否风干依恋的记忆

凄美迤逦
坠落时却掉进更潮湿的波谷里
每一次在思念的皱纹里舒眉
期待打开的是绸缎般的美
可岁月总是怆然缱绻

或许唯有如此
才能让昙花的情绪开在夜色里

真的被那年江南的风虐了心
金陵的妩媚
全都是秦淮河上琴瑟响起
波尔多的红酒里
来来回回氤氲着迷离

那些无法抑制的灿烂狂热
都是再见时的一拥倾情

好想时光倒流
依然站在秋风里
在一朵花面前羞涩如初
这是岁月唯一的一次旖旎

可以极致地享受恩宠
就连那些颤抖的忧伤啊
都发自深谷里最柔软的呼唤
轻音回转 千姿百媚

秋姑娘

一把大提琴
在落叶的飘舞里拉成倾诉

没有最后的歌声
用半载光阴填词
用一生宿命作曲

裙裾里藏着漫天的心事

姑娘
我多想看见你梨花带雨的脸

时间封印

时针走了太久
把沧海走成了桑田
秒针走得太快
把黄河走进了大海

而万年历
还在天干地支的交汇中
撕下一页页飘零

四季的颜色
在沸腾的江河里叹息
总想在流水的回眸中
再次倒映一片橙黄

我就站在嘀嗒的光阴里
哪里都不去
看落发如瀑
看高原的沟壑爬满额头

直至时间封印
把我像耶稣一样

钉在黄昏的十字架上

煮　梦

总是在清晨的梦醒后
浅睡中感觉着落花的声音

滴滴香水，袅袅轻烟
从我的窗前斜飞飘舞的冬雨

横隔时光浅渡
坠落于那结冰的心湖
终于凝固

思绪成柳叶
湖面清冷地漂泊着月亮
不知什么时候
我忘了雪地中那枝嫣红
梗上的娉婷如刺
猩红地泼墨着记忆

叶子不再矜持
再也看不到清纯的笑容
所有郁怨一夜疯长
以蔓萝的姿态
纠缠着日渐风干的身躯

从此大地不再潋滟温润

胡桃夹子的琴弦上
长满青草和苔藓
那曾经锦绣着紫云英和豌豆花的田野
不再散发阳光的香气

清晨，昨夜的酒依然在发酵
我想起了遥远的葡萄架
和庄园里耕地的枣红色的马
都说思念可以酿制孤独和红酒

那我就用遗落在心湖的泪
还有素笺中水雾缭绕的葡萄
用氤氲记忆为酒饵
在蓝色的橡木桶上
刻下暖香和孤独

碎响在酒杯中的誓言
如午夜里迷路的信鸽
一笑红尘一别隔世
还想听听那蓝色星球的旋律
和消失在浩瀚苍穹的声音
再也没有从南极步行到北极的浪漫

深情凋谢　孤雁北飞
天际最后一抹朝霞
在浓郁的雾霭里
再也找不到来时的路

掌心外 6.1cm 的雪

没有冤情
却在六月飞起了雪
努力让光芒停伫
只是在不经意的掌握之间

灯火迷惘成烟雨
在穿梭变幻里
一切光阴的故事
叹息着嘀嗒

难为如此多思的午夜
月光里盛开的丁香花
馥郁中倾注着一往情深

什么都不必说
当雪花环绕手掌的瞬间
心环就冰凉如玉

冷的火热的雪
宛如南北半球的交汇
海水与火焰编织纤长的赤道
一如忠诚的卫士
各自守望相反轮流的季节

夏夜的灯光
如萤火虫一样守护着童年的秘密

不知过了多少个悠长日子

尘封在玻璃罐的萤光苏醒了吧
如果没有
我就戴着时间和掌心的温度
遥控 6.1 厘米的光波
催醒近半个世纪冬眠记忆

梦醒了
雪花依旧热炽地缠绵在掌心里

行者谣

暮色丈量着脚步
一缕明暗
一寸长短
奔跑的心哟
早把他乡作故乡

阳光烤焦了阡陌
沿途的花朵
用汗滴酝酿醇酒
眼眸累了
在酒井里倒映沟壑

一帘苍凉
被投入波心的石子
荡漾成高原

我是行者
用酒葫芦吹奏一曲在路上
晚霞醉了
疲惫就出发了

致八月

种在涟漪上的青莲
已开成合十的模样
风温软而起
驳落寸寸光阴

昔时闻风的少年
青衫落拓
已长成中年的形象

一缕香
开在蟾宫桂花树上
一簪一簪的时光
随嫦娥姑娘的微笑
如桂子花瓣落凡尘

什么时候
木槿开成紫色了
谁又在诉说
那一场风华旧事
用一抹决绝又凛冽的姿态

告别沧桑

回眸热烈
那铅华洗尽的鬓角
悄悄更换容妆
只是青莲静默
慢慢懂得
欲买桂花同载酒
终不是　少年游

季节在一朵花的年轮里
闻风修行
通透与安暖
像禅一样刻在花脉里
只要不告别
谁也夺不走

光阴里
斜躺着几许惊红骇绿
那市井烟火
在袅袅的炊烟中
滋长出秋的意境

八月
秋又来了
心里
莲在生长

山湖里的月亮

据说
湖泊里的天书被水烧了

湿漉漉的火鸟
噙着炎热的泪滴
在升空的刹那
回眸的余光挂在树梢

谁家的婴儿
啼哭着
撕裂了如帛的宁静
可能夜风凉了
草丛里的蟋蟀放大了音量
终归安抚
把奶嘴赤诚地献给满足

婀娜的余音跳着慢舞
一曲天鹅湖
让峻峭的脚踝耸立
冰峰一样的温度
抚热了羽毛的跳动

云裳终于撕破缺口
一缕如释重负的光束
如神仙的宝瓶
把湖底的嫦娥打捞

安置在蟾宫

据说
月亮从此
就活在水中的夜空

胡丹丹

中南政法学院（今中南财经政法大学）93 级经济法系财政金融法专业学生，曾任院报记者、编辑，早年有小说、散文类作品发表于《中国校园文学》《南方文学》等报刊，现任职于某互联网集团，从事营销咨询工作。

意　义

我拿起这只废弃的娃娃
就要把她扔进
垃圾堆

她弯弯的笑眼
看着我平和善良
胸前那些银箔的碎片
叮叮当当

她缠结的乱发
勾住了我左边的小手指
我似乎想起了
她的来处

旅途中，某一瞬间的温暖

她不再是废弃的
她的存在
现在有了意义。

都市夜归

地下三层的车库里
不再壮年的男子
攀爬在下水管
喊着整齐的号子
背动一根钢绳
仿佛这根绳上
系着他们远方的家庭
和沉沉的命运

送快递的人
摘下头盔的一瞬
他的快递单车倒下了
连着后座上的箱子
和箱子里的各种
不属于他的东西

他跑去扶起
又蹲坐在路边
点燃了一支烟

老乞丐回到了立交桥下
放下背囊
数了数今天的钱

二环路上车流呼啸而过
在静默的花坛下

毒蛇
正撕咬着玫瑰树根

雪

白
如昼夜暗生的华发
冷
如永无回应的期待
无声
像措手不及的相遇
伪饰
将一切污秽掩盖

你像极了中年像极了
借半壶烈酒
煮沸这个寒意侵袭的午后

于雪落处
听见花开

银　票

曾听见口外马蹄疾

有人倜傥归来
携我满箱显赫
莺莺燕燕轩昂屋宇

有人夜游
在这平遥的街上半怀香艳
拿我换二两鸦片

有忧心忡忡的母亲
用我
赎回小孩性命

如今我与对街屋顶的瓦当
相顾无言

其实
面对人间悲苦喜乐
我从来无动于衷

我把自己丢了

我把自己藏起来
让别人看不见我
别人把自己藏起来
让我看不见别人

后来
我从自己身上看见了别人

别人从我身上看见了自己

再后来
我把自己丢了

辜　负

你写下一个“爱”字
在我掌心
在过去的某个时刻

把这个字存放在记忆里
诠释又诠释
我们相信了自己书写的童话

此刻我问你是否还记得
你让我打开掌心
你看空无一物

流云飘过的一瞬
鲜花也曾绽放枝头
飞鸟不曾辜负天空
美丽并未亏欠永恒

语言总是时间里的叛徒
彼时对此境也不必背负承诺

忐忑

你只是吸收了一小杯咖啡的咖啡因
你只是
小心翼翼说出了你的期待

心似一只被顽童捉住的蚂蚱
悬挂住两条线的重量
线被攥紧攥紧攥紧

你无辜地掂量着世事
数算着心跳有多快心痛有多痛
掂量着懦弱有多弱输赢有多重

飞鸟逍遥自在
星星闭目养神
没人在意你的焦虑和心痛

我收回我的话
我愿做个一无所有的人

距离

你看不清我

你不知道
星空对我有多美好
河流对我有多重要
你不知道
山林和树木
野草和虫蠡
……
生命，行云，与流水
唯有逝去，是为永恒
而我唯钟爱这永恒的事物

与你在逝川与流光里同行
我只要你，两份礼物
一份无邪相视的默契
一份素手相携的温暖

若它们在
你我同行的路上
就不会再
渐行渐远

感　念

——致姚贝娜

如你这样的女子
在离开这尘世躯体的一瞬
或已化身为燕
或已转世为莲

而我仍听见你的歌声
在云端高亢地唱响
又在暗夜里孤独呢喃……

最感念那一些日子
你这清瘦柔弱的女子
看得见死神在不远处招手
而你如此执拗地
敲响心跳的鼓点
在死神的纠缠里
你发出屠刀下的呐喊和嘶吼
嘶吼……嘶吼，直到耗尽了所有的声息

把安静的世界
与孤独
留给了白发的双亲

你高昂起执拗的头颅
转身离去

留给这世界
一个羸弱轻盈的背影
一串渐行渐远的歌声

生命是一叶不完美的船
——寄一些逝去的人

生命
这一叶不完美的船

载动你，漂泊水上。

你托身于斯，托身于梦。
托身于名利之浮华，道义之沉重，
托身于星月，托身于欢情，
托身于花之馨香，光之明媚，
信仰之安宁。

船行侧畔，千帆过尽，
滑过一道道相交的水痕
又消散到，一片空无。

你就是一片空无，托身于更大的空无。

黄晓春

中南政法学院（今中南财经政法大学）法律系93级法学专业学生，曾任院报记者，人称“黄小侠”。现任深圳市东方彩虹文化传播有限公司总经理，天空快美梅林会所总经理，天空快美品牌合伙人。擅长活动策划，专注美丽定制、年轻化管理和健康管理。

去雨崩看星空

不去天堂，就去雨崩
传说雨崩是离银河最近的村庄
总有一些远方
让你一听就倾心，一见就钟情
5 月 20 日徒步雨崩
我盼望着，盼望着
去雨崩看璀璨的星空
好想一伸手，就能摸到天上的星星

有人说，月朗星稀
我想，如果看不到雨崩的星空
那就吹着凉凉的风 .
遥望着梅里雪山
煮茶闻香
品一杯风花雪月

而这个 5 月 21 日的夜
在雨崩看天上的星星
月亮还没有爬上来
繁星满天
星星闪闪发亮
美得让人窒息
银河里，每一颗闪亮的星星
仿若是黑夜里深情凝望的眼睛

陈　璇

中南政法学院（今中南财经政法大学）法学院94级学生。高中时开始发表诗歌、散文、杂文、小说。任本地作协会员、赤壁诗社（古体诗词研究）会员多年。性情疏懒，行笔随性，未得始终。

掘　墓

我负着青铜的锹　在时光密林间逡巡
残损的墓碑泛出冷冽的光
没有什么是不能埋葬的

黝黑褶皱的面庞上镶嵌的卑微
膏粱锦绣无餍的贪婪
茅椽蓬牖，雕梁画栋
月下孤舟，笙歌绮筵
相见欢，恨离别

虚妄的人间
我作的风月　已经老去
只余斑驳壁间的一列青苔
在静默的黄叶里观想

老

下棋品茗，晒太阳遛狗
是何等堪羡的老态
美人迟暮，宝剑藏锋
死何足畏之
畏的是未老即死　抑或老而不死

未及言老，彼岸即抵
意犹未尽，情犹未尽，事犹未尽
只余壁上观
轩窗独伫，雨意渐浓
镜中薄影，心念漾然
繁华还未绽放就憔悴辗转
病催肆意，朱颜斑驳
四季安然成序
指尖纷弃了年华
一梦千里 一梦千年

望碧成朱

搁浅的秋意
梦凉几阙
岁月与我经不起颠簸
贪嗔痴恋不过
月色调零，弦上相思

惊笔落艳，溢美成阙
挽不住阑珊晚暮
云袖一帘声色灯火
月华洇染了鬓角
生活裹挟着的辛劳奔波
被侵裹的外壳纵横阡陌

年华不退，故事铺展
铜镜锈绿了青黄的时光

暮晚流年
残蚀的楼阙上，一缕红缨
人烟寒橘柚
秋色老梧桐

徐阳光

中南政法学院（今中南财经政法大学）公安与行政法系95级行政法专业学生，曾任《中南政法学院报》学生副主编，现供职湖北省某机关。中学时代开始写作，在《人民日报》《检察日报》《湖北日报》《诗神》《飞天》《萌芽》《中华诗人》《文学月刊》《中华散文》《辽宁青年》等报刊发表作品，著有诗集《阳光灿烂》，作品入选《中国朦胧诗》《中国乡村诗选》《中国校园诗选》《湖北诗歌现场》《山湖集》《名家笔下的散文》《最适合中学生阅读随笔》等选本。

芦花白

仿佛连二桥都没有走完
江滩的芦苇丛
已经从新绿转到深青转到如云的白

微风吹过
芦苇向同一方向弯腰
一大群白绵羊挤挤挨挨
把大片江滩都啃光啃亮了

辽阔的江面白帆早已失传
候鸟零零星星路过
鸣叫声比芦苇丛更深更远
芦花惊飞如雪
恰是苍茫天地的一抹飞白

流水沉默着一路东去
不留空白的告白
是时间在尘世唯一的留白

萤火虫小镇

参加这样的一场庆典

更像是赶赴一次乡村的葬礼
绝望比悲伤来得更加猛烈和持久

古老的传道士四处流窜形单影只
光点从南瓜花飞临黄瓜叶
夜的村落无比空旷和寂寥

天赐的村庄提灯者
高举一盏盏人造的灯笼
把夏夜的静和暗逐渐击退

再怎么抱团
没有温度的亮光
都聚不拢内心的火焰

星宿在命定的位置冷眼旁观
微风比凉意更凉
一次集体的殉职无可逃避

轮　渡

过江是一件隆重的事
渡船鸣笛
是这种盛大的另一份加持

江水流得很缓
江风吹得很慢
渡船走得不急

江面辽阔仿佛
如轮渡的历史一般冗长

江面船来船往
时有鸥鸟翔集
船上的人不着急
一个劲地看云看水看影子
好像除了这条江
其他的一切都与自己无关

河流的秘密

世间的一切秘密
最适合交给河流去收藏

河流收藏着秘密
就像收容一条鱼一棵水草或者一粒细沙

欢笑在水里凝结无声无息
泪珠在水里消解无影无踪

阳光透不过黑暗
黑暗因此无处不在

时间切不断流淌
流淌因此无休无止

偶尔有鱼拍打起几朵水花

有草拨划出一道波纹

那一定是风想告诉你
宽容是这条河流最大的秘密

溺　亡

河流如果足够宽广
溺亡也就变得不那么阴冷

河岸边的人总相信
溺亡不过是从前的某个溺亡者
在水里待得太久太闷
想换个人去水里值守

一条翻白未死的鱼的诱惑
一根水草有意无意的纠缠
一切看似反常的具体细节
都是这次轮换必然发生的有力见证

河流收容着看不见的魂灵
把看得见的肉身归还尘世
所谓溺亡不过是
另一种形式的回家

乌　鳢

从前
富河两岸的人都不吃乌鳢
他们笃信
每一条乌鳢都附着一个灵魂

现在
他们争相吃着河里野生的乌鳢
他们相信这样能很快愈合伤口

我暗暗担心
他们会不会吃到
某一个祖先甚至是自己的灵魂

磷　火

天干物燥
水落石出

没有人的河床
没有阳光的夜晚
燃烧着绿莹莹的一片磷火

那些已经沉睡多时的先人
以这样的方式回归
宣告着他们对这条河流的热爱

只要温暖合适
他们的依恋仍然这么的浓烈

在宴会上说起这条河

一次很普通的宴会
做东的人很盛情地推荐
红烧甲鱼一个很普通的菜
不普通的是甲鱼
是几百里外家乡那条河里的野生甲鱼

他的隆重
让人不自主地怀疑
这世界是不是还有真正野生的甲鱼

看着他们津津有味地吃着
我忍不住告诉他们
老家的人曾经多么不善吃甲鱼
阳光灿烂的时候河面
随处可见甲鱼随波荡漾
让阳光晒晒那些坚硬的背壳
至于混入鱼虾里的小甲鱼
我们就把它们
当作硬币或者小石片

玩着玩着就忘了就丢了

吃得津津有味的他们看着我
仿佛我的叙述比野生甲鱼还稀有
面对他们如此一致的目光
我禁不住怀疑我所说的
是不是真的只是我童年里的一个梦

深山残寺

山一重一重地过了
林便一层一层地深了

青砖黑瓦绿苔
还有断墙上肆意生长的野草

谁在什么时候
怎样修筑起这方古寺

是参禅自己
还是度化众生

青灯中燃油已尽
香炉里烟火早冷

现在的破败正是曾经繁华的注脚
无尽的虚空恰如刹那惊鸿的永恒

林一层一层地过了
山便一重一重地深了

躺在柴垛上看星星

躺在柴垛上
身边满是干草和柴木的芬芳
干净自然浓郁
舒适得让人着迷

看惯浑黄江流的眼睛
突然面对这白银的河
漫天的眼满目的耀
一瞬间的对视
绵远悠长如同一辈子的虚空

星星依然保有着几千万年前的神秘与美好
北斗七星直指北境无问西东
织女面对宽广与她的牛郎隔河相望
坚守命中注定的位置
淡然面对汹涌的时光浪潮
最靠近神的地方
最接近神的时刻
每一颗星星都活成自己的神祇

偶遇一头麂子

密林深处的小路
叶子五彩缤纷以顽皮的艳
掩藏着浆果甜得发腻的秘密

柞木声动万物有灵
熟稔的气息稳固
如几千年不曾改变的黑黝黝的岩石

四蹄轻扬灰影过隙
一条通往原乡的古道豁然开启
呦呦鹿鸣食野之苹

是童年夏夜的那只在呼唤吗
是少年草坡的那只在凝视吗
亲切如昨遥远似梦

猝不及防地相遇
稍瞬即逝地还魂
安慰我再也回不去的乡愁

韩 俊

1977年5月生，江苏涟水人，1999年6月毕业于中南财经政法大学经济法系，获法学学士学位。2009年12月获苏州大学法律硕士学位。自1999年7月参加工作以来，历任江苏省淮安市中级人民法院书记员、助理审判员、审判员、研究室主任、知识产权庭庭长。2012年2月至2016年11月任江苏省淮安市洪泽区人民法院党组书记、院长。2016年11月至今，任江苏省淮安市中级人民法院党组成员、政治部主任。自1999年以来，先后在省级以上刊物公开发表作品30余篇。

水渡口漫思

你在淮水之滨伫立千年
波光水色中，多少烟花事，都随水东转
桨声灯影里，多少红尘梦，尽付风雨间

你在淮水之滨伫立千年
楼台烟雨中，一水伴天涯，氤氲复顾眷
流光飞舞里，微霞染天辉，彼岸丽花开

香山红叶

你是万绿丛中的一抹嫣红
静静地将生命的灿烂点燃
晨光中你汲取着朝露
丰润着迷人的容颜
黄昏中你积淀着流霞
蕴蓄着无尽的斑斓
秋风中你承受着霜染
锻打着饱满的色彩
岁月中你深种着柔情
流泻着锦绣的爱恋
你凝聚的美丽　醉了山河醉了人间

陈波来

本名陈波，1965年生，原籍贵州湄潭，现居海南海口。1999年中南政法学院（今中南财经政法大学）毕业，执业律师，20世纪80年代中期始发习作，诗作散见《诗刊》等百余家报刊及多种年选，辍笔十几年后于2014年起重习写作，出版诗集4种，中国作协会员，海南省作协理事。系中国第二届网络诗人高研班学员、鲁迅文学院新时代诗歌高研班学员、全国第16届散文诗笔会代表、《现代青年》2017年度十佳诗人、海南省文学院首批创作项目签约诗人。

真　诚

你不用敲打我
不用说出第二句话，甚至
第二个词。秋天依然藏着锋利
我的沉默无以细说
我已经饱经沧桑
因此你不用……哪怕一点暗示
像磷在空气中一样
把我点燃。事实上
我沉默的身心已充满鼓点
我的泪水随时夺眶而出

诗人微像

我宁愿相信那是一种
剥啄见骨的持守
像过去留下的碉堡死死压在斑马线上
挡不住的是时间的塌陷
包括纸上浮词、人间繁花
说那分明是一把骨头
指节折断，被拿走的叩响扳机的
一段旧姿态
我宁愿相信那个写诗的人

是他有意在剥啄声中
持笔，横槊，扳回冷兵器时代
歌诗行吟一世
因为，诗
总是要写的，歌
总是要唱的
滚烫的肉身用于散佚

海南的三角梅

是梅的表妹吧？不过那花身五瓣
一瓣留西山，一瓣留东海，剩三瓣身
这样径直南下，过海，在低纬度阳光的枝上
绾着裙子走

她还低下来
低到骑楼里的矮墙和仄巷：俗世里到处是旧光阴
她一定笑过一位缺乏耐心的少年
她的笑还在斑驳的雕栏上
花影缓缓而灼灼

她一定也笑过一位容颜易老的人
一身如一房，能锁住多久的春心一片呐
就让老家的做表姐的梅，为一时的春意所惑吧
在北方孤冷地埋下头
傲骨梅无仰面花

她不一样，她有的是大把的阳光与灼烫

旁逸斜出也是步步旖旎
她一定问过走过她的路人，如果你
向她低下来，肯定能听到那花枝招展的问
是否，曾经，将她攀折于枝上
安放过心上

落　叶

我只说没有落下的枯叶
还在枝头，牵挂流水与赶路的脚步
只要还在枝头，秋天就没完

就不会让一个人，踩着越来越松散的云朵
走得越来越冷，越来越远
把旧山河弄得生硬地响，像撕裂

或者，我只说没有变得枯瘦的树叶
春风濯洗的器皿，从中不顾一切地舒展
闪亮又柔韧。一个人在青青阡陌中上路

远走的人在异乡的街巷一夜白头
枯叶最后孤单地抱紧自己，要从枝头落下
落叶的事，我不说了。归泥土说

早　读

读到修辞的庙宇，不高却又
不容易跨过去的门槛
身体会像木瓜一样清凉
读到遗忘和忏悔的
诗句，海上有了低啸
一滴溅到嘴角边的水珠里
禽兽凶猛，皮毛咸涩
读到白发，其中
一根落在书上，不易察觉
白得成了簌簌书页的一部分
最初是，最后也是
纸浆，一团混沌，像许多
随时间渐渐清朗而美好的事物
我有无边想象
早晨从美好开始

南县，在一曲地花鼓里相逢

初听地花鼓，是在黄河边，他在一把椅子上唱
秋夜，篝火，他站高了朝寂冷的古渡口唱

飙高了音在唱，如同扯足了嗓子吼

益阳来的哥子，吼的是大湖的淋漓与浩荡

席卷平川的鼓点，迸发自孱弱肉躯的铿锵
他把自己唱得越来越小，把篝火唱得越来越旺

我要揣一朵那夜的篝火，过益阳，去南县
我要在春天的坑边或船头找到他

我要在一曲地花鼓里与他相逢，听他
在他故乡的锣鼓唢呐里，为我吼出另一个故乡

桃花诀

我当然想，桃花仅表明蔷薇科植物的全部意义
即使多叠的桃色花瓣，像一个事件
洇染着并非单一的绯闻

只是少许不安，春天非得选择
在一朵桃花中走失，而桃花灼灼，不止一树
我提前有流水之意

我提前有了小悲悯：桃花所看不见的那面
花瓣变旧，枯萎，一层层揉碎自己
像一些靠不住的人事

像那句越来越显得空洞的承诺：人面桃花
相映红，不见来人，只见春风
抱住树枝哭，竟哭出包藏的祸心

甘超逊

1989 年 10 月生，湖北新洲人。中南财经政法大学中文系 2011 届毕业生。有小说、散文、诗歌发表。现居武汉。

遇　雨

想与大雨赛跑
它偏留人在半途
肆无忌惮地
阻隔，这一刻
飘飞的脚步湿重
世间的谨慎都被洗刷
风声，雨声，落花声
一切是自然的调子
卖伞的妇人一声长喊
十块钱一把

捞月亮的人

沉默无语间
雪已先一步来访
云躺在你的肩上
是昨夜见过的吧
庙宇戴上新的面具
吟啸的歌声渺茫
为何空谷幽寂
十年的诗与酒
抵不住山外金光荡漾

京华马蹄声似雨
踏碎旅人潮湿的梦
捞月亮时
你是否还记得
山中月亮的模样
你的脸有泪流下
是偷跑出梦里的花
凝成山间红豆
自在生灭

我擎一枝红豆归来
如同心晒着月光
沉默的人呵
依然喜欢沉默

归　后

雪天随风抛掷的桃核
谁曾想两年后会发芽
写下这两行字时
我刚怀着一包旧书
渐渐告别山里。十三站路
以后一半名字会忘记我
见惯的风物和梅雨

每日活在故纸堆中
夜里浮沉于僵硬的人海

半生总在回首张望
半生仍是寂寂独行
人面冰冷的地铁口
我望见湿漉漉的七月
凌霄花欲燃

西北湖的月亮

西北，真是个荒野的词
西北湖的月亮，却是曾经美艳
月光躲在我的手臂上
只恐湖小，夏天的晚风
也有一颗爱行路的心呵

月光久未照进梦里
或许是去装饰谁家的窗户
月亮，西北湖
这座城里的旧梦
从今，只能退避三舍

廖松涛

笔名木行之，1979 年出生于湖北南漳县，2002 年毕业于中南财经政法大学，现居北京。自大学时公开发表作品以来，在《岁月》《绿风》《诗选刊》等刊物发表过作品，著有诗集《美若初见》《漂泊的石头》两部，有作品获奖，并入选多个诗歌选集。创办并主编民刊《北京诗人》至今。

青核桃

绿色是有重量的，核桃在枝头结实
一天比一天压得低

敬你是条汉子，坚果之中你的骨头
是最硬的

核桃的结局，无外乎被人剥皮
砸着吃

贺兰山

鹰飞不动了，落到草原上
成了山

马跑不动了，倒在草原上
成了草

射出去的那些箭
长成拔地而起的阔叶林

水　稻

水稻靠征服人类
灭绝了万千竞争对手

从未见过世上有这样的国王
兵不血刃，占领辽阔无边的大地

也从未有过这样忠实勤劳的奴仆
心甘情愿，帮它清除稗子

谒张自忠衣冠冢

伏虎山下一座衣冠冢，至今让倭寇
惶惶不可终日

坟头草越长越高，像成千上万的将士
抽出大刀

松树挂满松果手雷，时不时扔出两颗
实弹演练

天下太平，也丝毫不敢放松警惕
时刻准备出山，讨伐贼寇

八　月

请让大海放逐我
请让天涯流浪我

请借天空做个帐篷
请借草原当个枕头

银莲花，线叶菊，生前我们做个邻居
死后我用骨头养你

秋　晨

静极！人间不敢出大气
流水尽是嘘唏

芙蓉脱花衣，红锦翻波去
风的一生，都在采集浪花

在乡下，天空高得出奇
云卷云舒，快活得要死

林绍徐

海南琼海人，2002 年毕业于中南财经政法大学财政与公共管理学院，获管理学士学位。毕业后服役于武警海南总队第二支队，曾到武警太原指挥学校、武警上海政治学院、武警指挥学院、国防科技大学培训读研。2018 年 11 月自主择业到海南富力地产。

加德头乡谣

天刚蒙蒙亮
灶台还是清冷的
一切都在窝着
一声啼哭划破鱼肚白
炊烟升起
乡村顿时热闹起来
吆喝声
叫卖声
读书声
唤醒了沉睡的发动机
家乡的泥土路又多了一道希望

那一年
狂风暴雨好吓人
窗外下着大雨
水牛在哀鸣
小孩靠着父母不敢吱声
大水来了
房子泡着
小黄狗被卷走
水葫芦缠着墙角
大人们忙里忙外
家里的老钟依旧晃荡着
不紧不慢
透着南洋的优雅

冰 客

中国作家协会会员，十堰市作家协会副主席。入选首届湖北文学人才培养工程。先后毕业于中南财经政法大学会计学和华中科技大学新闻学。作品散见于《十月》《诗刊》《人民日报》《长江文艺》《诗选刊》《星星》《芳草》等百余种报刊。曾获第七届湖北文学奖优秀文学编辑奖、首届《长江丛刊》年度文学奖诗歌奖等。著有诗集《河西村》《乌鸦》《总有一条路通向故乡》，文艺评论集《文学场景与艺术表达》等。

乡间裁缝师

童年时总是盼望过年
过年才会有新衣
那时的新衣都是由裁缝师为我们量体而作
裁缝师为我们量好身体
裁剪布料，也在裁剪打扮我们的外表
做一套中山服，四个口袋的上衣
穿上去让人看到我们的端庄
童年的生活就这样被裁缝师裁剪出来
乡村裁缝师在为我们裁剪衣服
也在裁剪他的人生
最终，裁缝师被岁月裁减了

向善而生的树

树木向善而生
造就一世的孤独
生长让它挺立起向上的力量
泥土与四季和独立的旷野
是它一生同病相怜的伙伴
秋天，树叶落尽，一树的孤独落尽
默默生长的是年轮，是穿过秋天的时间
落尽叶子的树，用伸向天空的树枝呼唤

庄公子

原名江黎，中南财经政法大学新闻学院 2004 级学生。

明天二十五点

脱缰的，为野，为噪，为你，为我
极端的，如病，如瘾，如鬼，如神
明天的，反对，反正，反攻，反本

明天零点
古典背叛自我，一头扎进未来
未来天网恢恢，竭力抓捕世界之初皱巴巴的婴孩

明天一点
艺术对肉体发动全面进攻，思考被淘汰
有形的柔软归为笑话，无形的坚硬成为遁甲

明天两点
音乐越过耳朵，五脏六腑打开通道，嗅觉触觉开始解禁
贝多芬失聪的幸运降临每一个人
你需要祭上心脏和眼睛

明天三点
噪音走上神坛，戴上王冠和引光令
残兵败将的背水一战，无论输赢，封禅大典均已等候在泰山之顶

明天四点
天籁地籁和人籁招兵买马整装待发
噪音站在万籁的对面，自立旌旗
无籁之籁，无天无法

明天五点
万籁绝地反击，宣告失败
噪音结束了一场进击万籁的刑事犯罪
杀伐果断，恶名远扬，铺天盖地的牢狱之灾

明天六点
些微的手下留情，让旋律中毒而不死，光线断尾而两生
野蛮与尖锐成为时尚
噪音一呼百应，天平在前，美名远扬

明天七点
野史雷同正史，无律领先有律
谁死了谁就是有幸被选择的人
将肉体铸成剑戟，把灵魂还归上帝

明天八点
一场声音的鸿门宴贯穿史册
音乐迎来新的纪元
即兴的序言，更像蓄谋已久

明天九点
笛箫封锁嘴唇，琴弦绑架手指
声音反噬歌手后，在无尽的空间里宣告独立
赤裸裸的太阳趴在卫星的边上，等候大地的升起

明天十点
月亮以宰割自己的方式倒计时
十五归零之际，每颗星星被同时成功引爆
奔窜的光线正在超越智商的检测
来自天上的噪音音乐会，对地上的观众宣讲
饮鸩止渴才能长命百岁

明天十一点
头脑终于发现自己是星辰的奴隶
在不断的自主仰望中接受鞭刑
那些可怜的尺子试图坦诚地献媚
丈量出来的高尚的结果永远模糊不清
紧锣密鼓的嘲笑，一会成为雨，一会成为风暴

明天十二点
上与下的矛盾在于针锋相对
共用一堵墙卡住对方的咽喉
经典的故事早已落伍
城楼上就该歌舞升平，战场上最宜呼呼大睡
临危与不惧，不是转折，不是因果，不是递进，而是平行

明天十三点
香烟插上神坛，取代香火去朝拜
美酒注入血管，替代血液在人体循环
刀叉劈进身体，挤开缺钙的骨，帮助身体斩天削地
外部的危险气息让人清醒
而内部的危险气息让人陶醉

明天十四点
浪子在自我撕扯
捕捉来自身体内部的第一手声音
嗝声，屁声，呼噜声，残渣从肝胆处跌落的声音
细胞摩擦倾轧的声音，疮口尖叫的声音
……
第一手，骨肉发出的噪音如此之丑
浪子在自我升华
第二手的抑扬顿挫，第三手的娓娓道来

手越多处，如此悦耳如此虚伪
浪子砍断了自我的双手，站在了艺术家的面前

明天十五点
维纳斯这个粗糙暴戾的数学家
用十个脚趾证明了
圆周率是太初混沌转化而成的电子数据代码
数据永不完结，混沌天生无涯
规律遵旨夭折，噪音显示合法

明天十六点
手术刀张开天眼，发现了癌细胞的善良
健康不再是唯一的追求，创痛洁净无比
四面八方汇聚而来的痛苦患者
交换信息互相融通以后
以医者的身份向四面八方散开

明天十七点
独来独往的兽性熬成了无可匹敌的药性
嘶吼如同魔咒之令
前蹄向前后左右同时迈进
后蹄把住古往今来的所有经脉
“黑白两色适合治疗彩虹的创伤应激障碍”
“去吧，光线的锐角和声音的钝角可以硬化整个世界”

明天十八点
空间强有力地伸缩和卷曲
保护着闹世的“哪吒之音”
一场不准备分娩的孕育，不断地把外部的同类召回体内
出血的牙床品尝出了枯骨的鲜嫩多汁
高亢的噪音吐着信子，一步步连缀成广长之舌

明天十九点
清净的子宫里善与恶难分难舍
逻辑被拘留在脚下
斑马线在街头解散
莫扎特们高兴地等待着千载难逢的冒犯

明天二十点
崭新的寓言出生就一亿来岁
那是噪音，在迷宫的上方闪烁成太阳
迷宫里的所有人都不曾谋面，因为他们永远背靠着背
光线长途跋涉，经过裂缝山间与黑洞，依旧没有找到同类

明天二十一点
他蒙着面在火山的岩浆中沐浴
他遣散愚蠢的子民
崇拜膜拜跪拜配不上它先天的高调
无动于衷的冷漠才是最激烈的感情
环顾当下过去与未来
只有他自身才匹配自身

明天二十二点
他们同时选择 xyy 和 xxy 的性别
时阴时阳的外形，或阴或阳的表达
他们成一成三或者成七成九地出现
奇数驱赶偶数，直线压迫曲线
暴力粉碎思考，思考涅槃而进化

明天二十三点
屠刀的尖刃划出了最圆满的功德
杀伐之声凑成最形象的佛音

噪音坐上莲花宝座
模糊性别，无相无色

明天二十四点
音乐皈依于噪音
流利漂亮的旋律日日反省
新的旧的老的小的歌手们大业已成
投音自尽，声葬了自己

土　豆

当我赞美红薯时，土豆们并没有偷偷地生气
邻居家的美事与它们无关
它们自有属于自己家族的幸事
千百年的御赐美名，只让土豆和大地同姓

在脚底深处，土豆们看到了什么
泥土像水一样流动，还有水像太阳一样发光
他们紧贴着泥根，打了一出隔泥有耳的持续大战
锄头的声音落地而入，瞬间化成了无可比拟的营养

土豆是我贫穷的童年的王
不战而胜的英姿
圆滚滚地驻扎在空旷的谷仓
迫于它们的执着，猪牛羊肉承诺永不再犯，悉数退场
成年后，我辅佐土豆实行了世袭制
即使山珍海味压城，它永远是臣民们向往的首席犒赏

我曾问过一枚腐朽却试图保持坚硬的土豆
为何要选择泥土的稳妥，而拒绝春风的浩荡
他说，每种亲泥植物都有各自的理由
既然死后都得入土，那不如活着的时候就把自己埋葬
姓土，就得具备超前的信仰

王明明

王明明，中南财经政法大学行政管理专业2005级学生，现定居武汉，供职于武汉经济技术开发区某大型城投集团。目前，已有多篇诗歌、散文等作品发表于《齐鲁文学》《风沙诗刊》《东风文学》《武汉开发区报》等报刊。现为武汉市作家协会会员，担任武汉经济技术开发区作家协会理事。

灵魂摆渡

在一千只绵羊的嘲笑中，剥开自己的灵魂
深沉的夜，我沾满自己的血
灵魂稀罕的自由像碧蓝的天空一样清晰
鹰的眼睛洞穿了一切真理
灵魂出窍的夜晚
总会冒出一些古典的拼凑
和一些现代的胡思乱想
有人骄傲地说这是诗
有人不屑地嘲笑：无病呻吟的废物！

樱花城堡

三月的珞珈山风景独秀
樱花与城堡将历史与浪漫完美融合
赏樱人更像朝圣者
在樱花与大学的洗礼下
褪去尘埃
城堡多少有些神秘感
别以为那里住着王子和公主
老斋舍和樱花的搭配并非富丽堂皇
与那些赏樱的朝圣者不同
我是一个修行者
狐仙珞珞是我同门

郭莎莎

中南财经政法大学2009级硕士研究生，北京校友会润泽剧社社长，财务工作者，非职业话剧演员、导演。

初　生

小小的婴孩，睡在暖暖的襁褓中，香甜而美好。
这是生命最初的样子，简单而纯真，温暖而柔软。
也许他会因为周围陌生的环境而缺乏安全感，
也许他会被迫很快地适应这个纷繁复杂的社会。
来到这个世界，是他父母的决定也是他的宿命，
生命也就是这样延续而轮回……他将怎样度过这一生?
这一生丰富多彩、苦辣酸甜……
这一生,会不断有人进入他的生活,也有一些人会让他不舍送别……
这一生，是获得的一生，也是失去的一生……
但此刻，送给他最好的祝福依然是幸福平安，一生如愿!

梦想与迷茫

不想品尝无用的鸡汤，我只想知道真相，
不放弃探索，亦不妄谈理想；
平庸的现实令人乏味，热切的理想又遭遇茫然；
我不想茫茫然终其一生，苦苦追寻，却不知在寻找什么，
也不愿悲戚戚故步自封，曾经豪情万丈，却化作空空的行囊……
我渴望越过山丘，相遇明媚的我，与自己握手言和；
度过长夜，守到黎明，边走边唱看风景，
去探望海洋，眷顾星辰，点燃灯盏，
拥抱长途跋涉后的清风拂面，待岁月添香，及时返璞归真。

汪少乾

中南财经政法大学中文系2013级学生，汉语言文学专业，文学学士。曾获首届“星火杯”全国大学生诗歌创作大赛入围奖，参与《中国好诗歌》公益诗歌推广项目等。

旅行者

划着小船儿在人海中穿行
光阴停在木桨上

周围都是陌生的面具者
唱着创世记的礼赞诗

背包上破了洞
露出他憔悴的面容

他说世间亘古不变
比亘古更遥远的是婴孩的哭声

从蛮荒到昨天
只有一念间

白墨字

当你的笔头倾轧
刺进我洁白的躯体
一寸半寸
刀刻般的疼痛
我早已泪流满面

一段残破的历史
从我的身体里流出
以泪为墨
我用最刻薄的方式描绘
一个甲子一代传奇

行乞者

路上遇见一个乞讨的老妇人
憔悴的脸上写满了艰难
来来往往的人从她身边走过
没有谁看过她一眼
一个小女孩停了下来
给了她身上仅有的一块钱
“我身上没有钱了，就这么多都给你。”

老妇人伏在地上不停地说“谢谢”
这是她乞讨所得的第一块钱
也许还能买个馒头吃
从她感激涕零的眼神里
我仿佛看到了自己的悲哀
如果有一天我也变成了这样
内心该是何等的绝望

我们总是看见自己的痛苦
却忽略了别人的悲哀
早早地被磨去了生活棱角

成了一个个不幸的乞丐
诅咒着黑白的世界

三角梅恋歌

琼州海近了
掩不住你的热情
空气中弥漫幽幽芬芳
朴实而无华

我从未见过
一朵又一朵的奇迹
盛开在最南端的
海角与天涯

走遍这座城
每一个角落与夜色
心里充满喜悦与感动
人们都歌颂它

我该怎么办呢
我已深深爱上了你
让我带走你吧
三角梅之花

柳敬贤

中南财经政法大学刑事司法学院边防管理2015级毕业生。现于北京师范大学读研。

武汉的落寞

瞥见夕照下你独坐的傻样
我知道我不再是我的王
辗转反侧的迷茫
等待着手机上的绿光
奢望滑动的信息中有你寄来的希望
深夜的诗文故事
翻不尽的百家经藏

深秋打碎的时光
等待若阿难的石桥
少了赌书的默契
怕你悄悄走过
还好，少了五百年风吹日晒雨淋
世俗下的万里晴阳
走出了不世俗的你

有你伴着武汉落寞的街头
我听见了白朗宁的微笑
问候你添衣的诗谣
流淌着月亮的模样
你若幽谷的佳人
我可是带梦而来的归客

杨姜维

笔名杨家酱，1990 年 10 月出生，湖北荆州人，本科毕业于湖北师范大学统计学专业，研究生毕业于中南财经政法大学 14 级经济统计学专业，现从事高校教育工作。

梦里花

在风掠过原野的时候
你我曾在花丛中奔跑
揉碎了的梦
撒落的一地野花

叫你不要说话
乖乖转个身
我手心里偷偷藏着
一朵淡紫色的小花

大榕树下
犯困的午后
地里种下了一瓶相思酒

当落日西沉的时候
你牵着我
我牵着大黄狗
在金灿灿的山坡上
慢慢把家还

我的屋顶缀满星星

满天繁星
每一颗都是
璀璨的明珠
我的屋顶缀满星星

我从水缸里打了
一斤月光
还有那
跌落凡尘的星星
我手心里攒了一颗
我的眼睛里还藏了好多

星星望着我
目光闪烁
我望着星星
我想把她们留在人间
可她们迷恋夜空
于是，星星挣脱了我
逃离了人间

夜空中的星星
是我遥不可及的恋人

我靠近屋顶
我便更靠近星星
更靠近我的恋人

哪怕她们离我
还有很远

夜

天上的星星不会说话
可它的眼睛却在眨巴眨巴
星空里的月儿弯弯
映出俏丽璀璨的模样
地上的人儿三两
路灯下的影子歪歪斜斜
围墙外荒草丛生
此处蛙鸣彼处蝉叫

若能以地为席以天为被
沐凉风之畅爽
闻夏耳之天籁
乃人世极乐

千言与万语
也道不破夜的神秘
她正魅惑着你
她知道你在想什么
她躲在暗处
窃窃私语

李　萌

中南财经政法大学2014级新闻学硕士。诗歌作品散见于《湖北诗词》《秋旭》《雪桐》《新锐当代网络作家诗人作品精选》等书刊。曾在新华社、人民网、湖北广播电视台、新浪财经、21世纪经济报道等单位进行实习和工作，做过记者、编辑、新媒体运营和媒体商务，目前在永泰集团信息中心就职。

杏花春雨江南

三月的春雨
落在如水的江南
打湿了杏花
和江南女子杏花般的衣衫
我打那走过
在悠深的小巷中
在迷蒙的烟雨水雾中
我只想递过一纸素绢
却又想到春雨愁人
也只知二八芳年
杏花春雨
也只在季节的开端
撒一瓣杏花
只记得前世的思恋

刘兰珍

籍贯湖北蕲春，20世纪60年代生人，毕业于武汉大学新闻与传播学院，中南财经政法大学新闻与文化传播学院教师。

楼顶种菜

在钢筋水泥的
楼顶
没有苏东坡
没有陶潜
只有种子
在月光下发育
在低头
与诚实的黄瓜苗
对视里
看见父亲
淳朴的流年

雪花飞

终于　在湿冷晦暗的午间
雪片在飞了
人们顶着锐利的风
低着头疾疾地走

所以没有人看见
那一片一片
纷纷的雪花里

有一片是被旧年撕碎的
灵魂
从虚空落下
再也不能还给虚空

风，过荷塘

在去年的树荫下
与同一池荷花，对坐
水风清，花和叶
其实都是新的
烈日和旧时光一起
被挡在眼镜之外
风过处，一池盈盈
似那些去年没来得及
对你说出
此生，永远
也不会说出的
亭亭的语言
一些花瓣
轰然落下
葱郁的记忆
被包裹
结成莲子
碧绿的心

红桦树皮

阳光下
它透出温柔的红
光润细腻
像仕女撕下片片罗衣

据说从前
有情人在树皮上
写下相思
心愿就能实现

红桦树懂得
世间凡夫
灼灼的心事
所以它们
年年撕裂自己

我也想剥下一片红桦树皮
写上文字
丢进山间小溪
流进大通河里

但我把殷红的树皮
留给了树干
让它变成
一部无人知晓的
无字天书

花 落

如果，没有凋谢
花的一生便不完整
只有死亡
才赋予花儿
完全的生命意义
并还原，我们曾经
以及从未做完的一场
接一场的春梦
脆弱，又
短暂

当然，是否结果实
对于看花人
已不再重要
虽然这关系到花的
一生是否圆满
人们似乎习惯
越美丽的花儿
越不结果
像极了那些
奋不顾身
又虎头蛇尾的
爱情

大殿里的蚊子

清晨　灯火有些惺忪
大殿里经声缭绕
钟磬非常悠扬
那只蚊子
并不关心自己
有多大的福报
它忙着寻找可以下口的
肉身弥补一夜的消耗
全不在意
它叮咬的
是菩萨
还是凡夫

尹　与

本名刘畅，内蒙古人，武汉 K11 驻地艺术家，中南财经政法大学新闻学院教师。本科、研究生毕业于中央美术学院，2006 年开始实验影像、纪录片、独立短片创作，作品涉及影像、绘画、装置、行为艺术。

爱　情

咱说定了你要配合我
这个剧场演出结束后
再讨论剧情
和合影
要在一个叫下辈子的剧场

诗人的玩笑

从前
诗人不开玩笑
诗人只是写诗

那天
诗人写的一首诗
名字叫玩笑

另一个诗人拿去读了出来
我们解读他的玩笑
说这是诗

诗人玩笑地说
这是玩笑

夏 雨

湖北天门人，1966 年出生，法学博士，20 世纪 80 年代开始诗歌写作，先后在七所大学学习、工作，东南大学经济学学士，武汉大学法学博士，中南财经政法大学法律与文学研究所所长，出版专著多部。

天才过手

时间一秒一秒碾压
没有疼痛
它经过我的样子被我看到
并且总能看到
天才过手
对付时间有一套
粮食与鲜花
回忆与仇恨
也以这样的方式经过
得心应手的家伙
生活的老手
用一辈子学习死亡
但不是死亡的过手
那个时候与死亡合一
成为死亡本身

一首诗的诞生

他提起笔
哦，错了
他敲起键盘
句子溜了出来

他紧张又虔诚
像个催生婆
他要引领那个生命
出场
为之惊喜
即使牺牲也在所不惜
顺产最好
难产也是可能的
他屏住呼吸
为自己的才华而感动
哦，出来了
老天
这诗是谁写的
时间悄悄尾随
盖上它的印戳

十粒大米

十粒大米
从麻袋的缝隙和车辆的颠簸中
滚落
在马路上
摆成字的模样
字的含义
大地能解

十粒大米
三粒被飞鸟啄食

六粒被车轮碾碎
还有一粒
被风送入河流

水　途

水永远在前进
水接纳一切
现在正在干涸
你想起水
记不起它的样子
它要到西海岸
她要到太平洋
他要到沙漠
扮演凌晨露珠
我的眼泪加入游行
面对它，她，他
我更愿意听一种声音
有一种吻像水
有一种灵魂像水
有一种唾沫
可以淹没你
你说你可以漂浮
像油自乐在水上

水　泡

这是水泡
外面是水
薄薄的水
流动的水
不会衰竭的水
今天它特立独行
在我面前闪耀
我怀疑它对我虎视眈眈
甚至没有经过我的同意
向全世界现场直播
哈，我出名了
水泡
你呢
你怎么办
你说
水自知一切

不写作

写作是一种病
写久了会成为皇帝
名声飞扬

在商人和官人之间出场
二十年不写作
谁给的特权
这话的意思是
写作是一种义务
是的
绝对的义务
用生命写
用一举一动写
像天空的一片彩虹
像山峰凌立
像呼吸
忽然进入静寂

戒　了

“戒酒之前，喝点好的”
戒酒是上刑场么
就好像生命即将消逝
喝下最后一杯酒的道别
肝肠寸断
依依不舍
有消息说酒无任何营养
适度喝酒也不行
既然这样
我们直接将酒枪毙
或者修改法律
让喝酒者服刑

酒啊酒
你来到人间
秉承何种使命
让我们这些喝酒人
敢冒天下之大不韪
或者
我们是先天犯罪人
不喝酒
宁愿死

热　爱

我应该比生活更胖一点
甚至比胡须更长
这样的日子
一点也不过分

光线就这样照射在我脸上
而你正在画画
看你聚精会神的样子
我一下子懂得了原谅

千年水

几千年的水流着
飘散着历史的韵味
常流常新
不知道哪一滴水曾经死亡

历史常常是虚假的
我顺着最初的水
梳理追溯
却遇到无始无终的水

我的眼泪流下
那深远幽蓝的湖
承认自己是水的一部分
与水合流
没有比这更伟大的死亡

在冬天里

在冬天里生火取暖
搓一搓手
表达对季节的礼仪
特别有心情去看独钓寒江雪的老人

看他的鱼篓子有几多收获
冬眠也是一种好活法
而我正在享受这里的冬寒
与田地里的蔬菜一道生长
驻守冬季饮一杯暖茶
去三亚的想法涉嫌背叛
所有被冬天抛弃的人不要奢谈冬天
我是忠实的本土人
就在本土守护冬天
听冰块下河流的声音
看树枝上的新骨朵冒头
大地的笑声多么善解我的心意

汉 语

一个中国汉子在说话
他头发稀疏
牙齿剥落
他在说话
九十岁的他在说话
我听不清
只知道他在说话

根雕记录了这一切
我称它为现实主义者

天　啦

差点摔一个跟斗
你喊“天啦”
孩子恶作剧一声尖叫
你喊“天啦”

天啦
我的天啦
一个无神论者的呼号
露出了蛛丝马迹

跟夏老师练习它们

念：
“它们！”
念：
“阿门！”
练习十遍
它们与阿门合一

多么它们
多么它们
练习十遍
回归美丽

它们了
它们了
练习十遍
回到创世记

进入花朵

花朵自开
在杳无人迹处
吐艳

她不知道自己叫花朵
她存在又不存在
在人类莅临之前
她存在
在人类惊鸿一瞥之后
她神秘消失

应该存在的花朵
真实存在的花朵
绝无仅有的花朵
拒绝一切人类美学

为了遏止这一场谋杀
我决定进入花朵
所有的花朵
我早已进入

但已不知归门

毛巾上的虫

我的毛巾上有条虫
我甚至用它的身体擦洗
我的面部
这一切自然而然
那样的亲密
就像阳光的温暖
直到我看到它从毛巾上爬了出来
那样醒目
我才发现
事情非同小可
虫啊，艺术的虫
发表在毛巾的刊物上
若有若无

图书在版编目（C I P）数据

山湖集.2019年卷 / 王键，阿毛主编. -- 武汉 ：
长江文艺出版社，2019.12
ISBN 978-7-5702-1338-2

Ⅰ. ①山… Ⅱ. ①王… ②阿…Ⅲ. ①诗集－中国－
当代 Ⅳ. ①I227

中国版本图书馆 CIP 数据核字(2019)第 259846 号

责任编辑：谈　骁　　　　责任校对：陈　琪
封面设计：川　上　　　　责任印制：邱　莉　王光兴

出版：长江出版传媒　长江文艺出版社
地址：武汉市雄楚大街 268 号　　邮编：430070
发行：长江文艺出版社
电话：027—87679360
http://www.cjlap.com
印刷：湖北新华印务有限公司

开本：640 毫米×970 毫米　1/16　印张：19.75　插页：4 页
版次：2019 年 12 月第 1 版　2019 年 12 月第 1 次印刷
行数：7390 行

定价：46.00 元